ひとだま
隠密絵師事件帖

池　寒魚

集英社文庫

目次

第一話　ひとだま　7
第二話　辻斬り　81
第三話　道中三味線　157
第四話　円　233
解説　末國善己　304

本書は、集英社文庫のために書き下ろされた作品です。
本文デザイン／高橋健二（テラエンジン）

ひとだま

隠密絵師事件帖

河鍋暁斎「幽霊図」一八六八〜七〇年頃
イスラエル・ゴールドマン・コレクション蔵
協力：立命館大学アート・リサーチセンター

第一話　ひとだま

徳川家康が征夷大将軍に任ぜられ、江戸に幕府を開いた慶長八（一六〇三）年、第十一子として生まれたのがのちの水戸徳川家初代当主頼房である。

家康は頼房に対し、不吉な予感を抱いたといわれる。そのため頼房が江戸に入るのは家康の死後であり、徳川姓を許されたのはさらに三十三歳のとき、家康の死から実に二十年が経過していた。

そして家康の予感は、二百五十七年後の安政七（一八六〇）年に的中してしまう。三月、桜田門外においてときの大老井伊掃部頭が水戸浪士を中核とする一団に暗殺されたのだ。事件は徳川幕府終焉の始まりに違いなかった。

一

その男の食いっぷりが何とも小気味よく、司誠之進は半ば見とれていた。

男――鋳掛屋の利助は丼に盛った白飯に刻んだ菜っ葉の香々を散らし、ざっと湯をかけ、夢中で搔っこんでいる。渦を巻いた米が勝手に利助の口へ流れこんでいくようだった。

よほど腹が空いていたのだろう。たちまち三杯を平らげ、大きく息を吐いた。両手を膝に置き、ぺこりと頭を下げる。

「ごちそうになりました」

誠之進も利助の顔を知っていた。品川宿の北にある海蔵寺の先の長屋に住んでいて、時おり近所の井戸端に来て鍋、釜の修繕をする姿を見かけていたからだ。三十半ばくらいで痩せている。

今朝方海蔵寺のわきで倒れているのを口入れ稼業をしている藤兵衛のところ――橘屋に出入りしている手下の与吉が連れてきたのだ。

橘屋は品川宿で東海道に面しており、町内の旅籠や料理屋などに男衆を紹介する口入れ屋を稼業としていた。ふだんから十数人の男衆が出入りしており、住み込みもいる。そのため毎朝飯だけは大量に炊いていた。田舎ならいざ知らず江戸市中では町家でもごく当たり前に白米を食べていたが、茶は贅沢品ゆえ、冷や飯の湯漬け、香々が多い。

また、藤兵衛はこの春から南町奉行所同心の手先、いわゆる目明かしを引きうけていた。

利助のとなりにかしこまり、横目で睨んでいた与吉がいう。

「今朝方、長屋のかみさん連中が騒いでいるもんですからのぞきこんだらこの野郎が倒れてやしてね。抱きおこすと腹ぁ減って動けねえってんで、自身番に連れていっても食い物があるじゃなし、いっそ親分のところへ運んだ方が助かると思いやして」

「かまわねえよ」

長火鉢の前であぐらをかいた藤兵衛がうなずく。

与吉が利助の脇腹をつついた。

「ほら、さっきうわごとみてえにおれにいってたことを親分にも申しあげねえか」

「はい」

返事をしたものの利助は顔を伏せたきり、黙りこんでしまう。

藤兵衛が与吉に目を向ける。

「何があったんだ？」

「へえ。何でもこいつはひ、ひ、ひとだまを見て、目ぇまわしたっていうんで」

「ひとだまだぁ」藤兵衛が片方の眉を上げる。「そりゃ、怪談の時節にゃ違えねえが、そんなもん芝居か講談の話だろう」

「いえ」利助が顔を上げ、またすぐにうつむいた。「本当に見たんで」

また与吉が利助の脇腹をつつく。

「最初からお話ししねえかい」

利助がうつむいたまま、ぼそぼそと語りはじめた。

「ゆうべは、ちょいとばかり金が入ったんで、久しぶりに玉木屋でものぞいてみようかと宵の口に長屋を出まして」

玉木屋は品川宿の旅籠だが、食売女を置いていた。飯を盛り、酌をして、添い寝までしてくれた上、翌朝また飯をよそってくれる。幕府が江戸市中で公認している遊廓は吉原だけだが、宿場町には女を置き、客を取らせる旅籠が多かった。品川は江戸を出て、東海道最初の宿場町であり、旅籠や小料理屋が数多く軒を並べている。

宿場町は江戸の外とされ、遊女目当ての客が多かった。中でも品川は江戸に近く、吉原ほど格式張らないかわり値も安かったので気楽に遊べた。玉木屋は中の下ほどの旅籠で職人の手間賃でも遊べる。ちなみに岡場所は非公認の遊女街を指すが、あくまでも江戸市中の悪所のことだ。

利助がぼそぼそとつづける。

「間の悪いことにうしの奴に会っちまいまして」

わきから与吉が言葉を添える。

「うしってのは丑松といいましてね、こいつが住んでる長屋に巣くってる遊び人でして」

「それで」

藤兵衛がキセルに莨を詰めながら先をうながした。

「博奕に誘われやした。うしの知り合いが小さな賭場を開いてるっていうんで。おれは、五百文ばかり持ってたんですが、しみったれをいうんじゃねえよ、二朱にすりゃ、ちゃんと登楼って、たっぷり酒を飲んだあと、一晩中女の腹の上だって……」

利助が語りつづける。要は五百文を二朱に膨らまそうとして負けたということらしい。

藤兵衛は長火鉢の隅にいけた炭にキセルを近づけ、吸いつけた。煙をぱっと吐いて訊く。

「で？」

「あとひと息だったんです」

「何があとひと息だよ」与吉が利助の頭を張った。「大負けして、すっからかんじゃねえか、馬鹿野郎」

利助がもじもじし、唇を尖らせる。

文無しになった利助は長屋に帰り、水を飲んで空きっ腹をごまかし、寝てしまうしかなかった。

「それで長屋の入口にある後架で小便をして、井戸の水を汲もうとしたとき、後ろで音がしたかと思うと火の玉がぼわんと浮かびあがりまして」

周囲を昼間のように照らすほど明るかったらしい。

「ひとだまだと思ったとたん、わけがわからなくなって。気がついたら井戸のわきで寝てたんです」

藤兵衛がふたたび与吉を見やった。

「お前んとこの近所じゃねえのか」

「へえ」与吉が座りなおし、藤兵衛に向きなおった。「ちょうどこいつがひとだまを見たってあたりで弔いがございやしてね。九十になろうって婆さんがついにいけなくなって昨日の朝早くにおっ死んだんでさ。それでゆうべは長屋に寝かせて、今朝方寺に運んだような次第で」

藤兵衛が顎を撫でる。

「死んだのは昨日の朝か」

「へえ」

藤兵衛が誠之進に顔を向ける。

「ひとだまってのは死んだすぐあとに出るのが相場でござんしょ?」

「さあ」誠之進は首をかしげた。「そっちの方には明るくないんで」

「いや、ひどく明るくて、周りが昼間のように……」

いいかけた利助の頭を与吉がまた張った。

「馬鹿。そんな話をしてるんじゃねえよ」

　キセルを長火鉢の縁にぶつけて灰を落とした藤兵衛が吸い口をくわえてひと息吹いた。残っていた薄い煙がさっと広がる。

「ひとだまねぇ」首をかしげた藤兵衛だったが、気を取りなおしたようにいう。「まずは最初(はな)から聞かせてもらおうじゃねえか」

「へえ」利助が座りなおす。「空っけつでおまけに空きっ腹で、長屋にたどり着こうというときでございました……」


　海蔵寺の奥を左へ入れば、もう目と鼻の先が長屋だ。背にした品川宿の紅灯(こうとう)は遠ざかり、足下すら見えないほどに暗い。

「キショウメ」

　腕組みし、うつむいて歩いていた利助は低く罵り、地面を蹴飛ばした。面白くなかった。悔いと怒りが肚(はら)の底でまぜこぜになっている。

「うしの奴め」

　つぶやいた。声にするとさらに怒りがつのってくる。

　うし――同じ長屋に巣くっている遊び人の丑松の誘いに乗らなければ、今ごろはほろ酔いで同じ道を歩いていたに違いない。宵越しの金は持たないを身上とし、ちょっとでも金があれば、酒を飲んでしまう。それが珍しく五百文ばかり溜(た)まった。このところ忙しくて日が暮れると寝てしまう暮らしをしていたせいだ。五百文あれば、川を越えて向こうにある品川宿で女の肌に触れられる。

長屋を出たところで丑松に出くわしたのが運の尽き。柔らかな女の肌を思い、間抜けな笑みでも浮かべていたのだろう。

丑松が訊いた。

『馬鹿にご機嫌じゃねえか。どこへ行くんでぇ？』

『ちょいと遊（あす）びにね』

懐に収めた巾着をぽんと叩（たた）いてみせた。

『女郎買いか。お大尽（だいじん）だねぇ』

『よせよ、そんなじゃねえよ』

巾着の中身は五百文、もっとも安い食売女を相手にするだけで精一杯。それでも少しなら酒も飲める。そう話すと丑松が鼻を鳴らした。

『しみったれをいうんじゃねえ。二朱にすりゃ、ちゃんと登楼（あが）ってたっぷり飲んだ上に一晩中女の腹の上だ』

丑松のいう通りだった。五百文で一朱、倍にすれば二朱で、そこそこの女と差し向かいで飲み、朝まで同衾（どうきん）できる。そんなことはわかってるといいかけたが、丑松が先んじた。

『この先で知り合いが賭場ぁ開いてる。ご近所相手のケチな博奕だが、五百文が二朱、うまくすりゃ一両までふくれあがるぜ』

一両は無理にしても、二朱で勝ち逃げすればと甘酸っぱい期待が湧きあがり、つい丑松に従った。行った先では丁半博奕の真っ最中だった。

出だしはよかった。あと一息で二朱というところまで、ちまちま賭けては小さく勝ちを重ねていた。どういう具合か、ずっと丁の目がつづいて、利助は勝ちつづけていた。

わきに座った丑松が耳元でささやいたものだ。

『潮目が来てやがるじゃねえか』

もう一つ勝てば二朱というとき、半の目が出た。負けは大したことはなかった。それでも目の前の駒をさらわれると胸の底にぽっかり穴が空いたような気がした。取られたら取り返すまでだ。ふたたび丁に駒を張ったが、またしても目は半。頭に血が昇った。負けておめおめ引き下がれるか……。

『おいおい熱くなるなよ。博奕は熱くなっちゃ、終えだぜ』

丑松のささやきが利助をさらに熱くさせた。丁から半に切り替え、駒を置く。だが、持ちあげられた壺の下に転がっていたサイコロの目は赤い目が二つ、一一の丁。裸にさらしを巻いただけの壺振りが口元にちらりと笑みを浮かべた。

いや、浮かべたような気がした。

かっと血が昇った。丁に張れば半、半と置けば丁――あっという間に空っけつで賭場を放りだされた……。

海蔵寺の角を左へ曲がる。つんと来る異臭にまばたきする。長屋の端にある総後架の異臭は鼻より目に来て、小便がずいぶん溜まっているのを感じた。考えてみれば、夕間暮れ、長屋を出てから賭場に行き、真夜中まで打っている間、いちども小便をしていない。

総後架のわきにある小便器に向かい、着流しの裾をからげ、ふんどしのわきからつまみ出すと勢いよく放った。

「飲んでもいねえのによく出やがる」

つぶやいたとたん、空っぽの胃袋が身もだえする。飲んでいないだけでなく、朝に湯漬けを食べたきり何も食っていない。しかも一文無しでは、屋台の蕎麦もたぐれない。総後架わきの井戸で水を汲み、せめて腹一杯飲もうかと思いつつ、止まらない小便をながめていた。

「いつまで出やがるんだい」

ようやく小便が終わり、二、三度振って、ふんどしのうちへ押しこむ。

「何やってんだろうなぁ」

利助は三十になる。独り者で、近所に身寄りもない。長屋に帰ったところで大根の尻尾はおろか黄色くなった葉っぱすらない。

「腹ぁ減ったなぁ」

悪罵も底を尽き、ぼやきになって井戸のそばまで行ったとき、うしろでぼんと鈍い音がした。

ふり返る。

目の前に白く輝く球が浮かびあがり、ゆっくりと空へ昇っていく。周囲が真昼のように照らされていた。

利助は口をぽかんと開け、光の球を見つめていた。

与吉と連れだって出ていく利助の背を見送ったあと、藤兵衛が誠之進を見た。

「どう思われやす？」

「まんざら利助が嘘を吐いているようにもみえなかったが」

「そう」腕を組んだ藤兵衛がうなずく。「私もそう見たんでやすがね。しかし、ひとだまたぁねぇ」

「信じられんよなぁ」

「たしかに」

「それにしても、親分」誠之進は苦笑した。「この怪談話で私を呼んだのかい」

朝寝を決めこんでいるところに橘屋の若い衆——徳が来た。藤兵衛がすぐに来ていただきたいと申しておりまして、といったのだ。

これのことでご相談したいといって徳が両手を胸の前に上げ、指先をだらりと下げてみせた。芝居に見る幽霊の仕草である。何の話だかさっぱり要領を得なかったが、とりあえず徳といっしょに橘屋へやってきた。

「わざわざご足労いただいて恐縮でございます」

「ご足労というほどじゃないよ」

長屋のある路地を出て右に行けば、すぐに東海道にぶつかり、その角から西へ三軒行ったところが橘屋である。口入れ稼業ゆえ屈強な男衆がいるので近所で揉め事があれば橘屋に持ちこまれ、藤兵衛か、代理の者が顔を出せば、たいていは解決した。

「喧嘩だ、酔っ払いだ、踏みたおしだっていうんなら私でも何とかなりやすが、ひとだまじゃ相手が悪い」

藤兵衛が身を乗りだしてくる。

「神田のお師匠のところへはちょくちょくいらっしゃってるんでしょ」

「たまに、だが」

神田の師匠とは、絵師河鍋狂斎のことである。誠之進は絵師と称してはいるが、画業だけで食うことはできず旅籠大戸屋で用心棒の真似事をして小遣いを稼ぎ、何とか糊口をしのいでいる。

「誠さんのお師匠ならひとだまの方もお詳しいんじゃないですかね。たしかお師匠は観音様やら地獄やら幽霊やらもお描きになってると聞いておりますぜ。それならひとだまのこともあれこれご存じでしょう」

「どうかなぁ」

誠之進は腕組みし、首をかしげた。

重ねて藤兵衛がいう。

「実はもう一つお願いの筋もござんしてね」

「師匠に？」

「ええ」

それから藤兵衛が日本橋にある大店の呉服屋の名を口にした。

「ご存じですか」

「名前だけなら。足を踏みいれたことも、そばに行ったこともないが」

「あそこの大旦那……、といってもとっくに隠居の身でしたが、去年の師走にとうとういけなくなりまして。実はご隠居様は法禅寺の檀家総代も務められてました」

誠之進の住む長屋は法禅寺の境内にあった。

「それでご隠居の息子、つまり当代が追善供養として画会を催したいといっておりまして。そこへ神田のお師匠に来ていただけないかと……」

「ちょっと待って」誠之進は手のひらで藤兵衛を制した。「殊勝な心がけだとは思うし、私は法禅寺の長屋に住まっているが、それだけで師匠が画会に来られるかはわからんぞ」

「そうですか」

さしてがっかりした様子もなく、藤兵衛はキセルに莨を詰めはじめた。

「実は亡くなったご隠居の棺桶(かんおけ)には絵が一枚入れられましてね」

「絵?」

何とか声を圧(お)しだしたものの誠之進は背中にどっと汗が浮かぶのを感じた。

「一風変わった絵だったそうでございます」

キセルの雁首(がんくび)を火種に近づけ、吸いつけた藤兵衛がふっと煙を吐いた。片方の眉を上げ、誠之進の顔をのぞきこむ。

「何でも白い鴉(からす)の絵だったとか。ご隠居はたいそう気に入られて、遺言までされたそうです。棺桶に入れるように、と。ね、まんざら誠さんと因縁がないわけじゃないでしょ」

誠之進は低く唸(うな)った。

二

江戸から東海道をやって来て、品川宿の入口——歩行新宿（かちしんしゅく）にさしかかった右側にひょろりとした一本松がある。

昨秋のこと、誠之進は中ほどの枝にとまっている一羽の鴉を見た。嘴（くちばし）から足、全身を覆う羽毛もすべて白く、目が赤かった。白鴉（はくあ）は誠之進に目を留めると、威嚇するように鋭く鳴いた。

そのとき、目だけでなく、口の中も血を吐いたように赤いのに気がついた。見かけたのは、一度きりである。白い鴉は群れの中ではつまはじきにされ、餌場ではほかの鴉にいじめられ、長生きできないと聞いた。

乗り合いの漕（こ）ぎ船（ぶね）に乗った誠之進は何度も宿場をふり返ったが、岸に並んだ旅籠の陰になっているために松を見ることはできなかった。

用心棒として出入りしている大戸屋で筆頭の位である板頭（いたがしら）に汀（みぎわ）という遊女がいる。先ほど藤兵衛がいっていた日本橋の大店のご隠居が晩年贔屓（ひいき）にしていた妓（おんな）だ。棺桶に入れてくれと遺言したのが汀の絵だった。

汀は美人であるだけでなく、詩歌、音曲（おんぎょく）のたしなみもあった。それだけに気位が高く、扱いにくかった。

　幕府が認めた遊廓吉原と違って、旅籠に食売と称して女を置き、客の相手をさせる品川宿は、値段は安く、吉原ほど格式張らないので人気を呼んだ。また、湊(みなと)が目の前であるだけに江戸前の魚の新鮮さと種類の豊富さは吉原をしのぎ、妓たちも気取らず、身も心も精一杯に尽くし、一夜妻となる。

　夜が明け、朝餉(あさげ)をしたためたあと、玄関まで出て見送られると、もう一度訪れたくなるのが人情といえる。

　そうした中、汀はほかの妓たちとは違っていたのである。もともと気むずかしいところがあったのかも知れない。だが、簡単にはなびかないからこそ惹(ひ)かれる客たちも少なくなかった。汀が板頭を張っている理由でもある。

　だが、なぜか誠之進には心を許していた。とくに思いあたる理由はなく、しいていえば、ウマが合うといったところか。

　汀を贔屓にしていた大店のご隠居が二十両を出すといったのが汀の肖像だった。しかし、汀がなかなかうなずかない。ただ、誠之進が描くのであれば、承(う)けてもいいといったのだ。

　あわてたのは誠之進だ。

子供の頃から駿河台狩野派(するがだいかのうは)の流れを汲むと称する画塾で学んだが、絵師としての技量(うで)

は大したものではなく、たまに浮世絵の下絵を描くくらいで画業だけでは食っていけなかった。それゆえ大戸屋で用心棒の真似事をし、小遣い銭を稼いでいる。とても二十両の値がつく絵を描けるはずがなかった。

ご隠居の病が重くなり、いよいよ最期が近くなっても汀がどうしても誠之進のほかでは承けないといい張った。追いつめられた誠之進は汀を前にして筆を執ったが、そのとき描いたのが白い鴉だった。

板頭を張りながらほかの妓たちとも品川宿とも馴染まない汀の孤高が白い鴉につながったのではないか……。これはあとになって考えたことだ。

松を描き、薄墨で雲を描いた中に鴉だけを白く抜いた。目はまっすぐに見る者に向けられ、嘴を大きく開いている。白い鴉が一声鳴いた刹那を描いたのである。

描きあがった絵を誠之進の肩に手を置き、乳房を押しつけるようにしてのぞきこんだ汀がつぶやいた。

『これ、私に似てるかも』

絵は汀が欲しいというので渡したが、ご隠居の手元に行き、棺桶に入れられたことなど今日の今日まで知らなかった。白い鴉を描いて以来、汀からも大戸屋からも催促されることがなかったのですっかり忘れてしまっていたのだ。

藤兵衛が白い鴉の絵といっていたのを思いだし、誠之進は小さく首を振った。もっとも二十両といわれた絵の代金も受けとってはいない。誰もが忘れているのならかえって気が楽だ。

漕ぎ舟が日本橋の河岸に着いたところで降り、狂斎の自宅がある神田明神下までぶらぶら歩いた。急ぐことはないし、そもそも狂斎が在宅しているのかもわからない。ただもう一つあてがあった。あまりあてになりそうもなかったが……。

狂斎宅にたどり着くと、玄関に立った誠之進は声をかけた。

「ごめん」

「はいよ」

男の声が答え、ほどなく框に見上げるような巨漢が現れた。誠之進を見て、目を見開く。

「あてにしてないあてがいた」

「おや、珍しい」

「何だ、そりゃ。ご挨拶だな」

巨漢——鮫次が渋い顔つきをする。裸足でも六尺をゆうに超える長身で、身幅もある。もっともあまり鍛えられたことのないぶよぶよのでぶだ。狂斎の弟子ではあるが、絵師というより雑用をいいつけられることの方が多い。

その鮫次が框に立っているので自然と見上げる恰好になった。鮫次が肩越しに親指で奥を指す。

「先生ならいるぜ。ついさっき一仕事終えたところだ」

「仕事を終えたばかりならお疲れじゃないのか」

「そうでもねえ。昨夜(ゆんべ)は市ヶ谷(いちがや)で画会があって、おれも先生のお供でくっついてったんだ。帰ってきたのは今朝方、明るくなってからだよ。おれも自分の住処(すみか)に帰るのが面倒なんで泊まっちまったが、失敗だったな」

鮫次が禿げ頭(はげあたま)を掻いた。

狂斎との因縁ができたのは鮫次のおかげだった。昨秋、大戸屋でべろべろに酔っ払い──品川宿に来る前に一升五合、大戸屋で二升を飲んでいた──、妓が来ないといって大暴れしたときに誠之進が呼ばれた。さらに大酒を飲みながら鮫次が一文無しだったので翌朝付け馬となって代金の回収に来ることになった。

そのとき訪ねてきたのが狂斎の自宅なのだ。

「失敗って、ゆうべも酒で？」

「おれだっていつも酒癖が悪いってわけじゃねえよ。失敗ってのは、ここに泊まったことさ。どんなに酔っ払って帰ってきても先生は席画をやったあとは筆なおしをやる。観音様を一幅描くんだ。それから日記をつけて、湯漬けを食ったかと思えば、すぐに仕事にかかった。おかげでちっとも寝られやしなかった」

「先生もお休みになってない？」

「ああ。いつものことだ。飲めば飲むほど描きたくなるっていうんだから始末が悪い」

鮫次が大あくびをする。

「そうか」

誠之進は腕組みした。

「どうした？」目尻の涙を小指ですくいとった鮫次が誠之進をのぞきこむ。「すすぎは面倒だから今雑巾を持ってきてやるよ。どうせ大した家じゃなし、足なんざひと拭きして上がりゃいいさ」

「実は先生に一つ、二つ相談があってね。それで来たんだが、先生に直接申しあげる前に鮫さんに聞いてもらった方がいいかと思ってね」

「何だよ、相談って」

「一つは画会なんだが……」

藤兵衛にいわれた法禅寺の追善供養について話をした。玄関先の立ち話なので、汀とのからみは端折(はしょ)った。

鮫次があっさりうなずく。

「日本橋の大店がからんでるとなりゃ、いい酒が出て、その上、いい金になる。都合さえつけば、たぶん大丈夫だろう。もう一つってのは何だい？」

そのとき、奥から声がかかった。

「おい、鮫。誰かお客さんか。玄関先でごちゃごちゃいってねえで、さっさとお連れしろ」

狂斎である。

「江戸っ子だからね、うちの先生は。気が短え」

低い声でいった鮫次が躰を伸ばし、奥に声をかける。

「品川宿の誠さんですよ」

「おお、久しぶりだな。さっさと上がってもらわんか」

ふたたび誠之進に顔を向けた鮫次が低声でいう。

「もう一つってのが何だか知らないが、こうなっちまったら先生に面と向かって申しあげるしかあるまい。これ以上、グズグズしてると雷が落ちるぜ」

まるで聞こえたように奥から狂斎が怒鳴った。

「鮫」

陽が西に傾いた頃――。

開けはなたれた戸の上半分が障子となっていて、酒めしと大きく記されている。一日の仕事を終えた利助は店に入り、いつものように壁際にいった。ひっくり返した樽に板が渡してある。

　片膝を引きあげ、半あぐらをかくと男が前に来た。

「七文二合半(しちもんこなから)」

　顔も上げずに注文した。

　二合半で七文のにごり酒がもっとも安い。だが、男は前に突っ立ったきり、黙っていた。利助は顎をもち上げた。男は体格がいい。利助より一尺ほども背が高く、おまけに胸板が厚かった。

　居酒屋の男たちはたいてい大柄だ。飲み食いしたあと、金を払わず居直る客を力ずくでねじ伏せ、懐をさぐって巾着を引っぱり出すためだ。中には酒を飲んだあと、いきなり外へ駆けだす輩(やから)もある。そういうときは足の速い男が追いかけ、手が届くところまで来たら背を突いて転ばし、あとからやって来た男衆といっしょになる。

　地面にあぐらを掻き、金なんかねえや、さあ、殺せとわめくのもいる。

　もちろん殺しはしない。二、三人でよってたかって殴り、蹴って、半分だけ殺す。金は取れなくとも二度と店にはやって来ない。

　利助は黙っている男を見て、くり返した。

「七文二合半だっていってるだろ」

「ない」

「何だよ、ないってのは」

「今日から八文だ」

「馬鹿いうな。春先に七文になったばかりじゃねえか」

昨秋までは六文だったが、春に七文になった。三月もしないのにまた一文高くなっている。

「七文なら二合だ」

細い目で見下ろし、にべもなくいう。利助は二度うなずいた。

「わかった、わかった。八文二合半、それに田楽とから汁をくれ」

男は返事もせず厨房に向かった。

目の前に樽を引きよせ、懐から取りだした巾着の中身をぶちまける。ぶちまけるというほどはない。四文銭が四枚、一文銭が数枚散らばっているだけだ。どれも丸く、四角の穴が開いている。

四文と一文をより分けておいた。酒が八文、田楽とから汁が合わせて同じく八文になる。一日中歩きまわり、鍋釜を修繕して回った稼ぎが二十文でしかない。

さきほどの男が盆を手にして戻ってきた。銭を並べた樽の上に酒を温めるちろり、猪口、田楽を載せた皿、から汁の椀を置いていく。から汁はおからの味噌汁で酒のあてにすると悪酔いしないで済む。

男が手を伸ばし、四文銭四枚と一文銭二枚をつまみ上げた。

「おい、十六文だろ」

思わず声を張った。

「田楽とから汁は五文ずつ、あわせて十文だ」

今日からかと訊こうとして言葉を嚥みこむ。修繕で得られる代金はちっとも上がらないというのに酒と食い物は日に日に高くなっていく。残った三枚の一文銭を横目にちろりから猪口に酒を移した。とろりとした酒をくいと飲み、独りごつ。

「明日からもう少し早く起きるか」

三文の得という。残った三文と合わせれば、もう一合飲めるか、飯が食える。

短冊に切った豆腐に串を二本刺し、焼いた上に味噌をまぶした田楽をひと口かじって、猪口に酒を注いだ。ひと口飲み、猪口を置くと椀をとってから汁をすすった。一文高くなっただけではなく、汁が薄くなったような気がした。

ちびちび飲んでいるととなりに客が座った。ほかにも空いている樽はいくらでもあるだろうにと思って目をやった。利助は唇を歪めた。

「相変わらずしけてやがるぜ」

声をかけられ、目を上げるとにやにやしている丑松が樽の上に散らばる一文銭を見ていた。

大きなお世話だといい返そうとしたが、さきほどの男が近づいてきて、またしても声を噤みこんだ。腹が膨れていくような気がしたが、足しにはならない。

丑松が注文した。

「三十文を一合だ。暑気払いにさっと引っかけていくだけだ。燗は要らねえ。升のまま持ってきてくんな」

「へい」

銭を渡すと男は厨房に戻り、ほどなく一合升になみなみ注いだ酒を持ってきた。受けとった丑松の手元をついのぞきこんでしまう。

透きとおった酒が波打ち、底まではっきりと見える。一合で三十文もするなら下り酒だろう。銘酒どころの京で造られた酒が江戸に下ってくるので下り酒。うまいと聞いていたが、口にしたことはない。それほど高い酒を飲んだ日にゃ、腹がびっくりして下っちまうとつまらないシャレになりそうだ。

升の角に口をつけた丑松が咽を鳴らして飲む。手にした猪口を中途半端にとめて、利助は見とれていた。

飲みほした丑松が大きく息を吐く。

「やっぱりケンビシは違うねぇ」

ケンビシというのが酒の名なのか知らなかったが、丑松に教えてもらう気にはなれない。濁った酒をちびりと飲み、樽に置く。

　丑松がいやな目で利助の手元を見る。

「ゆうべは惜しかったな。あとひと息だった」

「負けは負けだ」

「今晩は、どうだい？」

「明日早いんだ。頼まれ仕事があってな」

「へえ」空になった升を樽に置いた丑松がにやにやしている。「精の出るこった」

「これから打ちに行くのか」

「当たり前よ。宵越しの金は持たねえ。お前も江戸っ子の端くれだ、それっくらいのことはわかるだろ」

　宵越しどころか、巾着の中は埃ばかりだ。それにおれは相州の出だよとつぶやく。もちろん肚の底で……。

「さて」

　立ちあがりかけた丑松がさっと顔を寄せてきた。

「お前、おれにあやつけてるそうじゃないか」

「何だよ、いきなり」

「博奕に負けた意趣返しならお門違いってもんだぜ」

目をぱちくりさせて見返していると、丑松はさらに声を低くしてつづけた。

「帰り道におかしなものを見たって、あちこちで吹いて回ってるそうじゃねえか」

「そんなことは……」

ないよという声が出ない。

丑松が目を細め、利助を睨む。

「よけいなことをくっちゃべるんじゃねえぜ。それとおれの名前は金輪際出すな。わかったな」

「わかった」

丑松が出ていくまで、利助は身じろぎもせず空になった升を見つめていた。底の一角にほんのわずか酒が残っている。

腹が立つほど澄んでいた。


「ひとだまねぇ」

一通り誠之進の話を聞いたあと、狂斎がつぶやくようにいった。大きな目を伏せ、何か考えこむ風ではある。

「おおかた私が幽霊の絵なんぞ描くもんだから、ひとだまのことなら狂斎に訊けとでもいわれたんだろうが」

「いえ、決してそんなことは……」

　図星を指され、背中に汗がにじむのを感じた誠之進はあわてて打ちけした。もっとも狂斎の声音に責めるような響きはない。

　目を上げた狂斎が鮫次を見やる。

「鮫、あの画帖を持ってきておくれ」

「はい」

　鮫次がさっと立ちあがった。あの画帖といわれただけで狂斎が何を求めているかがわかる察しの良さが鮫次にはある。ほどなく戻ってくると狂斎のわきに膝をついた鮫次が一冊の画帖を差しだした。

　受けとった狂斎が畳の上に画帖を置き、広げる。畳に左手をついて右手で一枚、また一枚とめくっていく。

　何が描かれているか、誠之進の目にも入った。生首、しゃれこうべ、柳の下に立つ下半身のない女……。宙に浮かびあがる火の玉に仰天し、尻餅をついた男の絵もあったが、狂斎はあっさりめくった。

　手を止めたのは、痩せた女がまっすぐに見返しているのを描いた一枚である。画帖をひっくり返すと狂斎が誠之進の前に押しだした。

「拝見いたします」

誠之進は絵の上に身を乗りだし、じっと眺めた。

頬がこけ、鬢がほつれて顔にかかっていた。ひたいや目尻には深いしわが描かれている。胸元から下を描く線が細くなっていき、途中で消えていた。まるで女の上体が宙に浮かんでいるように見えた。

狂斎が静かにいった。

「先年亡くなった女房だ。胸を病んでね。可哀想にどんどん痩せていって、最後は重湯すら飲めなくなっていた」

顔を上げた誠之進は狂斎の様子を見てはっとした。絵を見下ろしている狂斎の大きな瞳が潤んでいる。

「人には幽霊に見えるかも知れない。そういってる私にしてもいずれ幽霊画として描くだろう。絵師のさがだ」

ゆっくりと目を上げた狂斎がまっすぐにのぞきこんでくる。

「さがといえば、さらに一つ。目にしたものは描いてしまわなければ、成仏させられないのも絵師だ」

誠之進は返事もできず代わりに生唾を嚥みこんだ。狂斎の眼光に気圧されていたのだ。

「今夜、品川に行くよ」

「はあ?」

「ひとだまが出るんなら見てみたい。何でも見なくちゃ描けないからね。これまた絵師の……、いや、私のさがだ。さすがにくたびれてるんで、これから一眠りして、戌の刻にでも誠さんの長屋をお訪ねしよう」

鮫次に目を向けた。

「お前は誠さんの長屋を知ってるだろ」

「はい」

「いえ……」誠之進は顔の前で手を振った。「それでは大戸屋においでください。戌の初刻に大戸屋の前でお待ちしております」

三

大戸屋の名入り提灯を手にした誠之進は胸の内でつぶやいた。

おかしなことになったもんだ……。

すぐ後ろを同じ提灯を持った鮫次、手ぶらの狂斎がついてくる。まだ宵の口で旅籠の軒先には紅灯が連なっている。そうした中、男三人で連れ立っていれば、今夜のお楽しみを探している客に見えないこともない。しかし、先頭が誠之進だとわかると旅籠の前に立つ男も顔見世の妓たちも誘いの声をかけてこなかった。

大戸屋の前から本宿（ほんしゅく）に向かって歩きだす。橋屋の前には徳がいて、誠之進を見かけると黙礼を送ってきた。うなずき返す。旅籠の男衆や、仕出し料理を肩に載せた台屋の運び人といった顔見知りが次々声をかけてくるのに応えながら誠之進はのんびりと歩きつづけた。

街道にはだらしなく笑みくずれた顔をした男たちがそぞろ行き交っている。

鮫次が狂斎に話しかけるのが聞こえた。

「ねえ、師匠、だいたいアレってのは草木も眠るって丑（うし）の刻に出るもんと相場が決まってるでしょ。まだちくっと早いような気もするんですがね」

「そこらで一杯やって、丑三つ時まで待つか」

「いや……、何もそこまでしなくても」

狂斎に訊きかえされ、鮫次がもごもご答えているのがおかしかった。

昼間、狂斎宅を訪ねたとき、応対に出てきた鮫次に相談があると告げた。一つは日本橋にある大店のご隠居の追善画会についてで、もう一つと相談しかけたときに奥にいた狂斎に呼ばれた。

画会については鮫次から話してもらい、狂斎があっさり承諾した。次いで鮫次が誠さんからもう一つお話があるようでと振ってくれ、ひとだまの話ができたのである。

鋳掛屋の利助が博奕に負け、長屋に帰る寸前にそいつを見たくだりを話すと、狂斎が身を乗りだしたのに対し、そわそわしだした鮫次が立ちあがりそうになった。狂斎に叱られ、泣きだしそうな情けない顔つきになったものである。巨漢の鮫次だが、この世のものではない類いは不得手らしかった。

「誠さん」

狂斎に声をかけられ、ふり返った。腕組みした狂斎が右を見ている。

「この先あたりが法禅寺じゃないのかい」

「そうです」

「会はそこの本堂ででもやるのかね」

「詳しいことはこれから相談して決めるでしょうが、寺でやりますかね。ご覧の通りにぎやかな宿場ですから宴席をやる場には事欠きませんので」

「そうさな」狂斎がうなずく。「法禅寺にしてもご近所との付き合いもあるだろうし」

玉木屋の前を過ぎた。利助も丑松とやらに出くわさなければ、柔らかな妓の肌に触れ、一杯機嫌で帰り、すんなり寝られたものを、と思いかけ、何をしても見るときは見てしまうものだと思いなおした。

玉木屋から本宿で、その先の橋をわたったが、ずらりと並ぶ旅籠の前を人がそぞろ歩くにぎやかさは変わらない。

しかし、三つ目の辻(つじ)を右へ折れたとたん、周囲が真っ暗になる。両側には寺があるばかりなのだ。提灯を前にかざし、地面を照らして歩きつづけた。

「静かだなぁ」

鮫次の声が心なし震えを帯びている。

「ああ、静かだ」狂斎が応じる。「墓場で亡者が宴会をやるには、まだ間があるだろう」

「よしてくださいよ、先生」

鮫次が大真面目（おおまじめ）にいい、狂斎が笑った。

自分の手さえ見えず、足下を照らす提灯ばかりを頼りに歩いているが、海蔵寺を見落とすことはなかった。次の辻にかかると右手は先まで寺の塀がつづいているが、左は長屋になっている。長屋の手前が海蔵寺だ。

長屋の入口には井戸、ゴミ捨て場、総後架があり、鼻をつく異臭でもわかる。利助が小便をして、出てきたところで周囲が明るくなり、ふり返ってひとだまを見た場所に違いなかった。

足を止め、狂斎と鮫次をふり返ろうとしたとき、前方から声をかけられた。

「おい、こんなところに何の用でい？」

提灯を持ちあげたが、相手の顔を確かめる前にいわれた。

「ああ、司の旦那でございましたか」

光の中に出てきたのは与吉だ。

「あんたこそ、こんなところで何をしてるんだ？」

「この近く……、もうちょっと先になりやすが、そこの長屋に住んでおります」

「そういえば、利助とはご近所さんだったね」

「昨日の今日で、やっぱり気になりやしてね。それで親分のところに出入りしている若いのを一人借りて、こうして見回ってるんでさ。それより旦那の方こそ大勢さんで何ごとでやすか」

親分とは橘屋藤兵衛である。

「大勢って、三人だよ」

提灯を与吉の前にかざしたまま、誠之進は狂斎と鮫次をふり返った。

「この男が与吉です。目明かしの手下をしてて……」

ちらりと鮫次を見やってから言葉を継いだ。

「あれを見て肝を抜かれた利助を助けた者で」

顔をしかめる鮫次に頓着せず与吉に絵師の河鍋狂斎師、その弟子の鮫次だと教えた。

ていねいに辞儀をして、顔を上げた与吉にいった。

「我らもひとだま見物に来たんだ」

「そりゃまた何とも酔狂……、ご苦労さんでございます」

「ここら辺りだったよな。利助が見たってのは」

「へえ」与吉が井戸端の方を指さした。「この裏にある長屋でゆうべ弔いがございましてね。ちょうどその辺りにぼうっと浮かびあがったと……」

「ひえっ」

鮫次が声を漏らし、狂斎がたしなめた。与吉が低く笑う。

その直後だった。

「うわぁ、出た」

長屋の奥の方で男の声がした。

「何だ」

目を向けた与吉が緊張した声でいう。

「行ってみよう」

提灯を手にした誠之進が先に立った。すぐわきについた与吉が案内する。

「この先で長屋が切れているところがございます。路地になってまして、裏店に出られるようになってまして」

駆けつけてみると若い男が尻餅をついたような恰好で座りこんでいた。

「こいつがいっしょに見回っていた若い者で」

そういって若い男に近づいた与吉が片膝をつく。

「どうした？　ひとだまでも出たか」

「いや……」若い男が生唾を嚥んだ。「て、て、て」

「ててじゃ、わからん」

「天狗がいた」

若い男が手を上げ、前方を指すと震え声でいった。

「天狗だぁ？」

若い男が指す方に誠之進は目をやったが、長屋の前は闇に閉ざされ、何も見えなかった。

そのときだった。

長屋の奥の方でいささかこもった破裂音がしたかと思うと真っ白に輝く球が浮かびあがり、周囲を明るく照らした。

「おおっ」

「ひえっ」

与吉と若い男が声を発する。

「ひえええ」

鮫次がひときわ大きな悲鳴を発した。

一方、誠之進は長屋の角に飛びこむ黒っぽい姿を見ていた。またしても若い男がだらしない悲鳴を上げる。

「天狗」

誠之進は駆けだした。人影が飛びこんだ長屋の角を回りこむ。

直後、黒い影が襲いかかってくる。そのときには提灯を捨て、腰の後ろに差したキセルを抜いていた。

まだ周囲はひとだまの光で明るい。相手が胸ほどの高さに持った大刀を突いてくる。キセル筒で払った。

火花が散る。

刀を突きだしたまま、相手が躰ごとぶつかってくる。汗と垢の臭いがむうっと誠之進を包んだ。

ひとだまが消え、代わりに捨てた提灯が燃えあがった。ゆらめく炎に相手の食いしばった歯が光った。

誠之進は足を飛ばし、相手の足にからめるとキセル筒で大刀の鍔元を押しかえした。相手がのけぞる。さらに躰を寄せ、倒そうとしたとき、夜空に閃光が突っ走り、腹に響く雷鳴がとどろいた。

ふたたび稲光が周囲を照らし、二間ほど離れたところに別の男が立ち、短筒を構えているのが目に入った。

とっさに躰を低くする。

短筒が火を噴き、誠之進を突き殺そうとした男がびくっと躰を硬直させたかと思うとゆっくりと仰向(あおむ)けに倒れていった。

直後、強い雨が降りだした。


誠之進は莨を服(の)まない。それゆえ腰の後ろに差しているキセル筒は鋼のむく棒を芯にして銀を巻き、細工を施してある。喧嘩ギセルならぬ喧嘩キセル筒といったところだ。外れることのない蓋には蛇が巻きつき、鎌首を持ちあげている。細かな鱗(うろこ)が滑り止めとなり、蛇のあごに小指を引っかけられるようになっている。

精緻な唐草を彫りこんだ胴には中ほどに深い傷が入っていた。昨夜、何者とも知れない男の大刀を受け、鍔元を押しかえしたときについた。斬りかかってきた相手の刃(やいば)をはじくのではなく、むしろ食いこませて止めるようにあえて軟らかな銀を巻いてあった。

目をすぼめ、キセル筒の傷を見ていた誠之進は稲光に浮かびあがった男の顔を思いだしていた。

男は仲間らしき別の男が撃った短筒の弾(たま)に背を射貫(いぬ)かれて倒れた。撃った男は逃げ、撃たれた男は自身番屋に運びこまれたが、すでに息はなかった。与吉が懐や袂(たもと)を改めたが、巾着一つもなく、刀も誠之進を襲った大刀一本のみだった。

与吉はいっしょにひとだま探しをしていた若い男――伊蔵(いぞう)とともに自身番屋で夜を明

かし、早朝橘屋にやって来た。誠之進は狂斎と鮫次を大戸屋に送りとどけたあと、長屋に戻り、夜が明けてから橘屋に来ていた。

今、与吉と伊蔵は、昨日の朝利助が座っていたところで同じように湯漬けを掻っこんでいる。

いつものように長火鉢を前にした藤兵衛が二人の様子を眺めている。飯を食い終えた二人は空の丼を膝の前に置き、合掌した。

「ごちそうさまでした」

徳が来て、丼を片づける間、キセルに莨を詰めていた藤兵衛が口を開いた。

「ゆんべのあらましは誠さんから聞いた。天狗だといったそうじゃねえか」

ちらりと与吉を見やり、それから藤兵衛に顔を向けた伊蔵がうなずく。

「はい」

火種に顔を近づけ、莨を吸いつけた藤兵衛が煙の塊を吐く。

「だが、死んだのはどう見ても浪人者だ。何だって天狗なんぞといいやがったんでえ？　真っ暗闇でいきなり出くわして肝ぉ潰したか」

「いいえ、あいつらがおれたちは天狗だといったもんで……」

答えた伊蔵の頭を与吉が張る。ぱんといい音がした。

「天狗が天狗だというか、馬鹿」

「はあ」

　顔をしかめ、張られたところに手をあてた伊蔵がうなずく。藤兵衛はにこりともせずに重ねて訊いた。

「たしかに天狗だといったのか」

「はい」

　返事をしてから伊蔵はあわてて与吉をふり返り、ぱっと躰を離した。だが、与吉は腕組みしたまま、口をへの字に曲げている。

　藤兵衛が誠之進に顔を向ける。

「あれかね、誠さん」

「どうかな」キセル筒を腰の後ろに戻し、誠之進は首をかしげた。「そうだとしても与吉がいうように自ら名乗るかな」

　藤兵衛のいうあれとは、水戸藩前藩主斉昭（なりあき）ゆかりの者たちを指す。藩士だけでなく、お抱えの学者、脱藩浪人、逃散（ちょうさん）百姓、商人と幅広い層が天狗党と呼ばれ、自称していた。

　天狗党発祥は、三十年以上も前、斉昭が第九代藩主の座に就くまでにくり広げられた凄絶な跡目争いにあった。第八代藩主は病弱で、一度も領地に足を踏みいれることなく没したのだが、病弱ゆえに生前から後継をめぐって藩を二分する諍（いさか）いになったのである。藩内の、いわゆるお家騒動であり、暗闘といえた。

藩を二つに分けたうちの一派は門閥派といわれ、第八代の正室の弟――第十一代将軍徳川家斉の第二十子でもあった――をかつぎ、徳川家本流への回帰を目指したのに対し、もう一派はあくまでも藩祖の血統を重視、第七代の三男にして第八代の弟である斉昭を擁立しようとした。

結果的には第八代の死後、遺書が見つかり、斉昭が第九代藩主の座に就いた。藩主となった斉昭が真っ先に行ったのが門閥派の一大粛清であった。同時に斉昭派が藩内の重職を占め、鼻高々で闊歩するようになったところから天狗と揶揄されたのだが、当人たちがこの呼称を気に入ってしまい、自ら天狗党と称するに至ったのである。

藤兵衛が探るような目を向けてくる。

「あの一件にしても天狗どもの仕業だという噂が流れておりやすぜ」

あの一件――今年三月、井伊大老暗殺を企て、実行したのが水戸脱藩浪士たちを中心とする一団、いわゆる天狗党だと市中では噂になっていた。

「奴らが自ら流しているとも聞くが……」

大老暗殺をも辞さない水戸の天狗となれば、たとえ相手が何者であれ問答無用で斬る強面として通る。それだけに名を騙る偽者も横行していた。

「誠さんを襲った奴だが、やっとうの心得はありやしたか」

「どうかな」誠之進は首をかしげてみせた。「何しろ、ほんのわずかの間のことだったので」

長屋の角を回りこみ、暗がりに身を潜めて誠之進を待ちかまえていた男はいきなり大刀を突いてきた。おそらく剣の修行はしていなかっただろう。もし、いくばくでも使えるならば、キセル筒で簡単に払うことなどできなかったはずだ。

しかし、文字通りの暗闘であり、藤兵衛に答えた通り一瞬に過ぎず、相手の技量を推しはかることなどできなかった。

「ごめんよ」

玄関先で声をかけた者があった。鮫次だ。奥から出てきた徳を制し、誠之進は立ちあがり、草履をつっかけて出た。

鮫次の後ろを見たが、誰もいない。

「先生は？」

「ひとだまが出た場所を見物に行くといってね。誠さんにも来てくれといってるんだが、出られるかい」

「ああ」

ふり返った誠之進は藤兵衛に断りを入れ、鮫次とともに街道に出た。

ひとだまの出た辺りまで行くと、狂斎が長屋の壁を指先でこすっていた。

「連れてきましたよ」

「ゆうべは……」

頭を下げかけた誠之進の前に狂斎が指を突きだした。黒く汚れている。

「煤だ。それに……」

傍らの木を見上げ、枝を指さした。

「葉っぱが少し燃えているのがわかるか」

狂斎が指したところを見るとたしかに数枚の葉が焼け、黒くなっていた。

「はい」

相変わらず枝を見上げていた狂斎が厳しい表情のまま、つぶやくようにいった。

「ひとだまは本物の火の玉かね」

すぐわきで鮫次が首をすくめ、ううっと声を漏らした。

四

誠之進は腕組みをして歩いていた。

乗合船に乗るという狂斎と鮫次を品川湊まで送っていったあと、海蔵寺奥、利助が住む長屋に戻った。昨夜の騒ぎはごく近所で起こっていることだし、何か見ているかも知れないのと、最初にひとだまを見たときのことをもう一度聞きたいと思ったからだ。

井戸端で洗い物をしていた中年女に利助の住まいを教えてもらい、訪ねたものの仕事に出ているのか留守だった。鋳掛屋だから周辺の長屋、どこかの井戸端で仕事をしていないかと期待したが、探すと見当たらないのはよくあることで、どこにも利助の姿はなかった。

午近くまでうろうろしたもののついに見つからず法禅寺裏にある長屋に戻ることにした。

何かが見えてきたような気がしていた。

まずひとだまを見て目を回した利助が橘屋に担ぎこまれたことに端を発する。利助がひとだまを見たという近所で、たまたま弔いがあった。人が死ぬと躰を出た魂が抜けて空に昇っていくという。それがひとだまに見えるというのだが、半信半疑というものの疑の方が濃い。

藤兵衛に呼ばれ、利助の話を聞かされた上で、ひとだまについて狂斎に教えを乞うて欲しいと頼まれた。もう一つ、日本橋にある大店のご隠居の追善供養として画会を催したく、ついては狂斎に筆を揮ってもらえまいかという相談もあった。

幽霊画をものする狂斎であれば、ひとだまについても詳しいだろうというのが藤兵衛の言い分だった。狂斎のところにはしばらく行っていないし、画会については狂斎本人に直接いう前に鮫次に訊いてみようと考えた。

　狂斎に見せられたのは、痩せた女が行灯の光の中に立っている絵であった。もっとも下絵で、女の姿を探るための線が何本も引かれていた。描かれた女の目には底知れない哀しみが宿っており、恨みがましさは感じられなかった。見ている誠之進までがもの悲しい気分になったものだ。

　先年亡くなった女房だと狂斎はいい、目にしたものを描かなければ、成仏させられないのだと教えられた。

　狂斎は見る。そして見たものを描く。数々の傑作を生みだした先人絵師たちを尊崇してはいても、そうした先人の画を模写するだけで満足している輩を絵師とは認めなかった。まずはおのれの目なのだ。狂斎には、目と、見たものを描く技量があった。

　その見返りが一度目にしてしまうと、絵にしないかぎり胸の内に残っているというさがなのだろう。業といってもいいかも知れない。大戸屋の汀の肖像を求められたとき、白い鴉を描かざるを得なかった誠之進にはわずかではあったが、狂斎の背負っているさがが理解できた。他人は才というかも知れないが、本人にとってはいささか厄介で、いっそ呪いとでもいった方がしっくりする気もする。

　画会については快諾してくれた。その後、ひとだまについて話をすると身を乗りだした。まるで気が進まない様子を見せたのは鮫次だ。だが、狂斎はかまわず見物に行くといいだした。

そして昨夜、誠之進、狂斎、鮫次は連れだって歩き、利助の長屋近くまで行ったときに与吉に出くわした。直後、周囲を昼間のように照らすひとだまを目撃し、正体不明の男に襲撃されたのである。

誠之進はキセル筒で躱し、怪我一つなく切り抜けられたが、襲ってきた男は仲間に撃ち殺されてしまった。

最初に黒い影を見た伊蔵が天狗だと叫んだ。あとで聞けば、影が自ら名乗ったという。襲いかかってきた男の刀をはじき返し、鍔元をキセル筒で押しかえしたとき、誠之進は汗と垢の臭いを嗅いでいる。天狗の躰が臭いなどありえるはずがない。一方、天狗は水戸浪士の異名でもある。

井伊掃部頭が殺されてからというもの幕閣の支配力は目に見えて低下し、物の値段、とくに米が高くなったことで誰の暮らしも苦しくなっていた。この二つがあいまって押借りと称する強盗が増え、応じなければ斬り殺すといった事件も頻発していた。

大老暗殺を成し遂げたのが水戸浪士であったため、今では水戸浪士、もしくは異名である天狗を名乗るだけで相手が震えあがるようになっていた。それで水戸浪士が騙られることが多くなっている。

天狗が天狗と名乗ったわけは、人の目を逸らすためではないかと思った。

橘屋で与吉、伊蔵の話を聞いているところに鮫次がやって来た。今朝になって狂斎が今一度昨日ひとだまが出た場所を見に行くといいだしたという。鮫次とともに行くと、先に来ていた狂斎が長屋の壁をこすっていた。その指を見せた。炭で黒くなり、すぐそばの立木は塀の上にかかるあたりが焦げていた。

ひとだまは火の玉かねと狂斎が疑わしげにいった。

ひとだまには長屋や木を焦がすからくりがあり、水戸浪士、もしくは騙る者が関わっている。理屈は通ってきたが、怪談話よりはるかにきな臭くなってきたともいえる。

法禅寺裏の長屋まで戻ってきた誠之進は井戸端で足を止めた。何のことはない。そこに腰を下ろし、釜の修繕をしている利助がいたのである。

かたわらには同じ長屋に住み、顔見知りの大工の女房が立っている。

女房は誠之進に気がつくと人の好い笑みを浮かべた。

「お帰りなさい。朝から大戸屋かい？　大変だね、先生も」

「先生はよしてくれ」

顔を上げた利助と目が合う。互いに小さく黙礼をし、利助は修繕に戻った。

「この人はありがたいよ」大工の女房が屈託なくいう。「腕はいいし、安い。ねえ、利助さん、あんたは相州の刀鍛冶で修業したんだったよね」

利助の肩がびくっと動いたが、顔は上げずにぼそぼそと答えた。

「そんなことぁねえよ」

「何いってるんだい、いつも自慢してるじゃないか」

だが、利助は何も答えようとせず手を動かした。

誠之進は利助に目を向けた。

「相州の出なのか」

「ええ、まあ」

「相州の刀鍛冶というと正宗（まさむね）の流れを汲むと聞いたが」

「知りやせん。おれはほんのちょいと手伝いをしてたくらいなもんで」

相変わらず顔を伏せたまま、ぼそぼそという。相州から江戸へ出てきて、はったりの一つもかませようと思ったのかも知れない。

誠之進はあっさり話題を変えた。

「昨日の夜だが、あんたの長屋の近くで騒ぎがあったのを知ってるか。また、あれが出たんだ」

「いや……」利助は首を振った。「ゆうべは酒を飲んで、早くに寝ちまいました」

「そうか。ところで、ひとだまが出たって夜のことだが、誰か人を見かけなかったか」

「いや、何も見ちゃおりやせん」

利助は一切顔を上げず、ひたすら釜の内側をこすっている。答えが早すぎるような気がしたが、利助を追いつめるのは本意ではない。

「邪魔したな」

声をかけ、少し歩いたところで足を止め、ふり返る。

「天狗の話を聞いたことがないか」

「何も聞いちゃいません」

答えた利助は木槌（きづち）を手にすると釜の内側を音高く叩きはじめた。大工の女房が眉間にしわを刻む。

「邪魔した」

もう一度声をかけると誠之進は長屋に向かって歩きだした。

「それじゃ、八文」

大工の女房が差しだす二枚の銅銭を受けとって、利助は頭をさげた。

「毎度あり」

「いつも安くしてすまないね」

「いや。贔屓にしてもらってるから」

顔を伏せたまま、ぼそぼそと答え、利助はしゃがみこんだ。七輪のわきに下ろした坩堝（るつぼ）はすでに冷え、底の方に鈍く光る赤い銅がほんのわずか溜まっている。七輪は大工の女房が持ってきたものだ。まだ熾火が残っていた。

坩堝、真っ赤に焼けた坩堝をつかむやっとこ、木槌といった道具類を木の箱に収めていく。

釜の底にあいた穴に溶かした銅を流しこみ、木槌で形をととのえる。やすりをかけるまでもなかった。道具箱の蓋を閉め、肩にかついだ。

鍋、釜の穴を塞いで八文、包丁研ぎ四文――そうした仕事を二つ、三つやって、一日の仕事は終わりだ。二十文から三十文くらいにしかならない。いつもの酒屋で濁り酒を二合半、田楽、から汁で消えうせる。家賃がたまっていたが、追い立てを食らうまでは頬被りしているよりしようがない。

釜をかかえた大工の女房が訊いてきた。

「さっきだけどさ、よけいなこといっちまったかね」

相州の刀鍛冶云々といったことを指しているのだろう。

声をかけてきた男とは橘屋で会った。名前も、素性も知らない。着流しで月代を剃らず、丁髷を小粋に曲げている。去り際、ちらりと見やったときに腰の後ろに差したキセル筒が目についた。唐草模様の精緻な細工が行き届いていた。どこか遊び人風だが、武士のようなたたずまいがあった。おそらくは職にあぶれた浪人者だろうと思った。品川宿にはいくらでもいる。

「いや」

背を向け、歩きだした。

相州の出というのは嘘ではない。だが、刀鍛冶で修業したことはなかった。利助が生まれた頃、親はわずかながらも田んぼを持つ百姓だったが、七歳のときに逃散している。

天保四年、寒い夏のせいでろくに米がとれなかった。だが、収穫がなくとも腹は減る。食っていくために父親は隣村の上百姓に金を借りた。質草はわずかばかりの田んぼでしかない。すべてを質に入れたのでは、翌年の暮らしに困る。半分だけ入れようとしたが、不作は利助の家ばかりではなく、村中の百姓が食うに困っていたのである。

借りる方は相手を選ぶ余裕などなかったが、貸す方は好き勝手ができた。

隣村の上百姓は金を貸す代わり正規の証文とは別に残った半分の田も質に入れるという密約を結べといった。表向きは利助の父親の田であることには変わりない。だが、出来た米は借金返済のため、上百姓に渡し、年貢だけが父の負担となった。

いやなら余所をあたれということだ。呑むしかなかった。それでも次の年にいつもと同じくらい米が出来れば、借金を返し、年貢を納めて元の百姓に戻れるはずだった。

しかし、次の年も不作がつづいた。

質に入れた田んぼは借りた金さえ返せば、元の持ち主に戻るという掟があった。次の年、さらに次の年と、結局不作は四年もの間つづいた。五年目、ようやく借金を返しに行ったが、利息を上乗せしろといわれた。掟に従えば、利息は要らないはずだ。だが、一年で返すはずがそのときすでに四年が経(た)っていた。

金を借りているのは利助の父だけではなかった。村中のほとんどの百姓があちこちから金を借りまくっていたのだ。利息なしで田が戻るという掟をかざし、村をあげて周囲の村々の上百姓と交渉したが、まるで埒(らち)が明かなかった。そのうち隣村から父と同じように借金で田を失った百姓が入ってきて、かつての父の田で小作を始めてしまった。

村の役人、藩の出先である役所に訴え出ても時間がかかるばかりで一向に田は戻ってこなかった。あとで噂に聞いたところでは、利助の父やほかの百姓たちに金を貸していた上百姓は役人たちに付け届けをし、隣村では村役人を務めていた。

不作つづきの四年の間に利助の下に生まれた弟一人、妹二人が赤ん坊のうちに死んだ。ろくに食い物もない暮らしで母の乳は出が悪かった。その頃、まだ七歳の利助は働き手としては幼すぎた。

先祖代々受けついできたわずかばかりの田畑を失えば、夜逃げするしかなかった。父、母、利助の三人は村の北へ向かい、山間(やまあい)に入って炭焼きをして糊口をしのぐくらいしかできなかった。そうした暮らしが十年あまりもつづいたのである。利助は父にしたがって炭を焼き、あとについて炭を売りに歩いた。ほどなく炭を売る方は利助の仕事となった。

炭を納めた先の一つが刀鍛冶で、出入りしているうちに刀を打つ要領を聞き、見物するようになった。炭を納めていただけで、修業をしたわけではない。

さきほどの男は、マサムネの流れを汲むのかと訊いてきた。出入りしていた刀鍛冶はマサムネ何とやらと称していたが、本当のところは怪しい。刀の注文などほとんどなく、打っていたのは鋤、鍬、鎌が多かった。

十年ほど前、炭小屋に三人の男が来た。抜き身の刀をぶら下げ、人を出せといってきたのだ。何者なのかはわからなかった。そのとき父は病で指が曲がり、炭焼き窯に木を入れるのにさえ苦労していた。駆りだされたのが利助である。

食うに困っている百姓を助ける義賊だと頭目らしき男がいった。父、母は利助を連れていかれたのでは暮らしていくことができないと懇願したが、聞き入れられなかった。もし、頭目がこれから襲撃する先の名前を出さなければ、利助もすんなりとは従わなかったろう。

名を聞いて、利助は戦慄した。かつて父に金を貸し、田んぼを奪っていった隣村の上百姓だったのである。代替わりし、息子が跡を継いでいたが、恨みは消えない。

それからの数日、利助は男たち――あとになってただの無宿者で、武士ではないことがわかった――にしたがって、付近の村に行っては上百姓宅を襲い、家や蔵を壊し、調度類を庭に放りだして火を点けてまわった。

一時は数百人にも上り、日々千両、二千両と金をせしめていたが、郡奉行（こおりぶぎょう）配下の軍勢や刀や鉄砲を手にした百姓たちに逆襲されるようになった。たった数日のうちに、である。首領株の三人が召し捕られた。十両盗（と）れば打ち首が決まりで、捕まったその日のうちに斬首され、集団はちりぢりばらばらになった。

夜闇に紛れ、逃げだした利助は父、母の待つ炭小屋に戻った。しかし、炭小屋は焼き払われ、両親の姿はどこにも見当たらなかった。

流れ、流れ、たどり着いたのが品川宿である。今もって父、母が生きているのか死んでいるのかわからなかったし、確かめるすべもなかった。

前に誰かが立ちふさがり、利助は足を止めた。

目を上げる。

丑松だ。いつものにやにや笑いは影をひそめ、きつい顔をしている。

「遊び人みてえな野郎と天狗の話をしてたな」

「おれは何もいっちゃいねえ。向こうが勝手に訊いてきたまでだ」

「誰なんだ、あいつは」

「知らない」

与吉に助けられ、橘屋で会ったとはいえない。ひとだまの話をするな、とくに丑松の名前を出すなと脅されていればなおさらだ。

「向こうはお前を知ってるようじゃねえか」

「それは……」

何と答えたものか、思いつかなかった。

「お前、天狗に会ったことはねえのか」

顔を上げ、きっぱりと答えた。

「ない」

「ほう」丑松が片方の眉を上げる。「今、会ってるじゃねえか」

「な、な……」

何をいっているのかまるで見当がつかなかった。

「幽霊の正体見たり枯れ尾花なんていうが、こいつがどうやらひとだまの正体らしいですぜ」

藤兵衛がいう。

「うむ」

誠之進は腕組みし、目の前に置かれた盆を見つめていた。盆には直径二、三寸ほどのひしゃげた球が載っていた。油紙でくるまれ、燃えかけの線香が突きたてられている。

「今朝んなって与吉と伊蔵がこいつを見つけたんでさ」

藤兵衛のわきで二人がかしこまっている。藤兵衛にうながされ、与吉が話しはじめた。

「おれと伊蔵は夜が明けてから、もう一度、昨日騒ぎがあった辺りを見回ったんでございます。そうしたらこいつが海蔵寺裏の長屋の隅に落ちてやして」

枯れた草が被(かぶ)せてあったという。

与吉がつづける。

「騒ぎのあと、雨になりやしたよね。結構な降りだった。それで線香が消えたんじゃないかと思いやすがね」

誠之進は目を上げ、与吉を見た。

「油紙の中身は？」

「煙硝です。油紙でていねいにくるんであってもゆんべの雨は強かった。それですっかり湿気(しけ)ったんでしょう」

「何のためにこんなものを……」

首をかしげると藤兵衛がわきから口を出した。

「火付けのからくりでしょう。火の点いた線香を突きたてておけば、煙硝が破裂するまでの間に逃げられる」

「しかし、誰が……」

いいかけた誠之進はふと黙りこんだ。伊蔵から聞いた話で、襲ってきた男が天狗だと名乗ったというのを思いだしたからだ。

　だが、疑問はまだ消えていない。

　正体を晒したのは、むしろ天狗の仕業に見せかけるためではないのか。

　腕組みし、ぼそぼそとつづけた。

「ひとだまといえば、今朝方、利助に会ったよ。あの男、相州で刀鍛冶の修業をしてたそうだ」

「違いますよ」

　声を発したのは伊蔵だ。与吉に睨まれ、小さな声で詫びる。

「すいやせん」

　だが、藤兵衛が先をうながした。

「何が違うっていうんでえ」

「へえ」

　与吉をちらりとうかがったあと、伊蔵が藤兵衛に向かって話しだした。

「いつだったか、野郎がしけた面ぁして酒を飲んでるのに出くわしましてね。あっしは少しばかり小遣いがあったんで酒を買ってやったんでさ。しけた面じゃ肴にならねえ。そうしたらあの野郎、派手に酔っ払いましてね、べらべら喋りやがった。相州出には違いありませんが、百姓の倅でござんす。それも食い詰めて逃散した百姓で、もとは高持だったと鼻の穴ぁふくらましたけど、ホラでしょう。物心ついたときには炭焼きで何とか食いつないでいたようですから」

高持は田畑、屋敷を所有し、本百姓ともいわれる。

唇を嘗めた伊蔵が圧しだすようにいった。

「炭焼きのまんま、十七、八になろうって頃合いです。打ち壊しをしてまわってる悪人仲間に加わって暴れまわってたって話でさ。こう見えて、おれは悪だなんぞと吹きやがって」

小柄で大人しそうな顔をした利助を思いうかべ、誠之進は眉根を寄せ、伊蔵の話を聞いていた。

五

「畜生め……」

利助は低くうめいた。

真っ暗な板の間で、後ろ手に縛られ、柱にくくりつけられている。柱にもたれ、両足を投げだしていた。

どうしておれがこんな目に遭わなければならないのかと思ったが、見当はつかなかった。

丑松に連れてこられたのは御殿山北側の山裾にぽつりと建っている小さな百姓家だ。周囲には田畑が広がっているだけだった。

何年もうち捨てられているらしく窓に打ちつけられた板には雨と埃が縞模様を描いていた。建て付けの悪い木戸を開け、中に入ると埃のつもった板間は波打っていた。壁際に行き、座れといわれて腰を下ろすと荒縄で両腕を縛られ、柱にくくりつけられた。いわれるままにしていたのは、丑松が懐を開いて、黒光りする大きな短筒と匕首を見せたからだ。

品川宿から御殿山に来るまでの間、今朝方の遊び人風の男にだけでなく、誰にも何も喋っちゃいないと哀訴しても、そのたびに小突かれ、黙ってろといわれた。

もう一つ、丑松に逆らわなかったのは、天狗だといったからだ。

天狗が水戸浪士を指す異名であることは利助も知っている。そもそも今年の春先、御公儀の重役の首をはねたのが天狗であり、それ以来、市中のあちこちで起きている辻斬り、強盗、火付けも天狗の仕業といわれていた。天狗といえば情け容赦なくばっさり来るので、それこそ泣く子も黙ると評判を呼んでいた。

丑松が水戸の出なのかは知らない。ふた言目には江戸っ子は、江戸っ子はといっているくせに……。

しかし、利助にしたところでふだんは江戸で生まれたような顔をしている。嘘を吐いているのではなく、黙っているだけだ。

廃屋に連れてこられたときにはまだ明るかった。丑松は縄の具合を確かめると、大人しくしてろよといい捨て、出ていった。それからずいぶんになる。窓を覆っていた板の隙間から漏れる陽の光が赤くなり、次第に暗くなってきた。今では鼻先に自分の手を持ってきても見えないだろう。

どれほどの時間、こうして板間に座っているかわからなかった。近くに丑松か、天狗の仲間がいるかも知れず、怖くて声も出せなかった。何もせず座っているだけなのにくたびれ、腹が減った。そのうち引きずりこまれるように眠ったが、後ろに回して縛られた両腕のせいで肩が抜けるように痛み、目が覚めた。

眠っている間は縛られていることも忘れられたが、目を覚ますと、悪い夢ではないことに気づかされた。

眠っては痛みに目を覚ますのを何度かくり返した。このまま誰にも気づかれることなく死んでしまうのではないかという恐怖も湧いたが、何をどうすればいいのかわからず、ふたたび眠りに落ちた。

はっと目を開いた。もっとも目玉に墨汁を流しこまれたような闇で何も見えない。入口の木戸を誰かが開けようとしている音で目が覚めたのだ。生唾を嚥み、入口に目を凝らした。

「ひでえぼろ屋だぜ」

丑松が罵るのが聞こえ、ついで揺れる提灯の光が見えた。草履のまま板間に上がってきた丑松が利助の顔を提灯で照らす。闇の中に口元をねじ曲げている丑松の顔が浮かんでいた。

せせら笑ってやがると思ったとたん、頭に血が昇った。

いったい何の真似だ、ふざけるな、さっさと解きやがれといおうとしたが、口をついて出たのは情けない震え声だ。

「頼む。小便をさせてくれ」

腹も減っていたが、それ以上に小便がしたくて切羽詰まっていた。

「小便だぁ?」

声を張った丑松が懐から匕首を抜いた。提灯の光を受け、刃が白く光る。小便が漏れそうになり、歯を食いしばった。

低く笑った丑松が両手首を縛っていた縄を切った。

「おかしな真似をするんじゃないぜ。こいつでお前を突っ殺すなんざわけはねえ。それに短筒もあるしな。いつでもズドンだ」

「わかった」

そろそろと立ちあがり、じんじん痺れる両腕や手首をさすった。

廃屋の裏手に回り、小便をする。すぐ後ろに丑松が立った。ずいぶん溜まっていたようで、いつまでも終わらない。ひとだまを見た夜を思いだしかけたとき、丑松が後ろでぼそりと吐きすてた。

「長えな」

大きなお世話だと思ったが、声には出さなかった。

板間に戻るとふたたび壁際に座れといわれた。提灯しか持っていないが、ふところには匕首と短筒が入っている。逆らいようはなかった。いう通りにすると、入口に戻り、戸を閉めて戻ってきた。

利助の前に鉄の持ち手がついた燈明皿を置き、提灯の火袋を開いてロウソクを抜いた。火を燈明皿の芯に移し、ロウソクを吹き消す。次いで大徳利を置き、袖から湯飲みを二つ取りだして並べた。

ちらりと笑みを浮かべた丑松がいう。

「腹ぁ、減ったろ。でも、ガキじゃねえんだ。こっちの方がいいだろ。ほら、湯飲みを取りねえ」

いわれるがまま、湯飲みを手にする。大徳利を両手に持った丑松が注いでくれた。床に置いた燈明の揺らめく炎でも酒が透きとおっているのがわかった。思わず生唾を嚥む。

利助の咽が鳴ったのを聞きつけ、利助がにやにやする。

「ケンビシだよ」

濁り酒とはまるで違う香りが鼻をつく。湯飲みを手にしたまま、丑松の顔を見返した。丑松が眉根を寄せる。

「ほら、ぐうっとやんなよ、ぐうっとよ。おれに遠慮は要らねえ」

何とも答えず口を湯飲みに近づける。酒の香りがむんずと鼻をつかみ、引っぱっていった。口をつける。ほんのり冷たい酒が流れこんでくる。いまだかつて味わったことのない酒だ。もったいないとは思ったが、止められなかった。湯飲みの底を持ちあげ、ついに飲みきってしまう。

酒が舌から咽の奥へ落ちていき、胸の真ん中を滑り落ちて空っぽの胃袋の底にたどり着いてからようやく息を吐いた。

「うまい」

思わずつぶやいてしまう。

「だろ」丑松が大徳利を差しだしてくる。「理不尽にひでえ目に遭わせた。その詫びでもあるんだが、お前を見こんで頼み事もあってな。まあ、それはあとでもいい。ささ、もう一つ」

何だかわからないが、断れる酒ではない。湯飲みを突きだし、受けた。

注ぎながら丑松がいう。

「お前、相州じゃ暴れ者だったんだってな」

「あ……、いや……」

「この間の賭場にお前と同じ村から流れてきたって野郎がいてよ、お前の面を憶えてたんだよ」

湯飲みがいっぱいになったところで丑松が注ぐのをやめ、目だけ動かした。

「お前、打ち壊しの頭目をしてたっていうじゃないか。人は見かけによらないというが本当だな」


本宿の中ほどで街道に立っていた誠之進と与吉のそばに伊蔵が駆けよってきた。

「今日はまだ顔を見せてないそうで」

「そうか」

うなずいた誠之進はふり返って、たった今伊蔵が出てきた居酒屋を見やった。街道からわずかに北へ入ったところにある。以前、伊蔵が利助に酒を買ってやったという店だ。

伊蔵がつづける。

「ほとんど毎晩来るっていいやす。濁りを二合半、田楽とから汁と決まったように頼んで、ちびちび、だらだら飲んでるそうです」

与吉が誠之進に顔を向けた。

「小博奕か妓じゃないですかね」

「そうかも知れん」

「それにしても何だって利助のことが気になるんで？」

与吉が怪訝そうに訊くのに曖昧にうなずき返した。

みょうな胸騒ぎがするというだけでとりわけ何が気になるというわけではなかった。

今朝、利助を見かけ、声をかけた。最初にひとだまを見たときに誰か見なかったか、誰かが天狗というのを耳にしたことがないかと訊いたのだが、どちらの返事も否だった。そのあと長屋に向かって歩きだしたのだが、塀にもたれ、そっぽを向いている男を見かけた。

背が高く、痩せていて、顔つきこそわからなかったが、頬骨が突きでているのが目についた。どこかで会ったような気もしたが、思いだせなかったので、そのまま通りすぎたが、橘屋で伊蔵の話を聞いているうちに思いあたった。

昨夜、誠之進に突きかかってきた相手を背後から撃った男に背恰好が似ているような気がしたのだ。雷鳴に一瞬浮かびあがっただけだが、突きでた頬骨と吊り上がった細い目を憶えている。

撃たれた方の男は自身番屋に運んだが、すでに息は絶えていた。名も素性もわからない。与吉、伊蔵、番屋に詰めている老人も顔を見たことがないといっている。短筒を使った殺しということで、奉行所の町方与力が来て一通り調べていったらしいが、何がわかったか誠之進は聞いていない。骸は今日のうちに近所の寺に葬られたはずだ。

頬骨の突きでた男が利助と何か関係があるのかも知れないとふと思いつき、陽が傾きかけた頃、海蔵寺奥の長屋をもう一度訪ねた。

今朝方利助の住まいを教えてくれた中年女がまだ帰ってないという。どうしたものかと思案しているところへ与吉と伊蔵がやって来た。利助がいつも立ち寄っている居酒屋をのぞいてみようということになったのだが、ここにも姿はなかった。

見つからないとなると、ますます気になる。

しかし、ほかに探すあてはない。今夜のところは引きあげるしかなかった。見回りをつづけるという与吉たちと別れ、法禅寺に向かって歩きだす。

品川宿は今夜も多くの人が行き交っていた。

透明な酒は咽にひっかかることなく、すんなりと胃の腑に落ちていく。大徳利を差しだした丑松がいう。

「いい酒だろ」

「ああ、いくらでも入る」

丑松の方は一杯目にほんのちょっと口をつけただけで湯飲みにかけた手を持ちあげようともしない。利助に注いでばかりいた。いつもなら酒は一人で飲んでもつまらないというところだが、もったいなくてとても口にできなかった。頼み事といわれたことも気になっていたが、やはり旨い酒に流されていった。

飲んだ。すでに何杯か飲んでいるというのに味わいはいささかも変わらない。もったいない、もったいないと思いながら湯飲みを空にしてしまう。

また、丑松が大徳利を差しだし、受けた。しみじみした口振りで丑松がいう。

「世の中にはなぁ、こんな酒を毎晩飲んでる奴がいる。安酒がどんどん値上がりしてるっていうのによ」

二合半で七文だった濁り酒が八文になっていた。春先に六文が七文になったばかりだというのに……。一年前の春には四文だったと胸のうちでつぶやき、江戸へ出てきたときからずっと四文だったことを思いだした。

「どうしてだか、わかるかい」

「さあ」

「米の相場が上がってるんだ。この春から倍になってる」湯飲みがいっぱいになったところで丑松が手を止める。「米の値を吊りあげてる奴らがいるのよ。そういう連中が毎晩浴びるようにケンビシを飲んでる」

「あんただってケンビシを飲んでるじゃねえか」

「毎晩ってわけじゃねえし、小博奕でちょいと勝ったときに一杯だけだ。あっという間に胃袋に収まって、あとは糞小便になるだけよ」

話を聞きながら口を湯飲みの方に持っていく。いい酒は酔っ払わないのかと思った。大徳利をわきに置いた丑松が首を振った。

「小博奕には飽き飽きした。大博奕を打つ」

丑松に目をやったが、酒を飲むのは止められなかった。

「世直しだよ、世直し。米の値を吊りあげてる連中……、上百姓、大店の商人、役人どもを懲らしめて、蔵ぁ開かせる。あんたやおれや、もろもろ食うに困ってる連中を助けてやろうって寸法だ」

どこかで聞いたような話だ。

利助の頭に二人の男が庭で正座させられている姿が浮かんだ。一人は年寄りで白くなった髪はとぼしく、髷が筆先のように細かった。はるか昔、目にした光景ではある。しかし、ありありと浮かんでいた。並んでいるのは父に金を貸し、かたとなっていた田んぼを奪った上百姓父子だ。

湯飲みを空けると、丑松が注いでくれたが、半分ほどでついに大徳利も空になった。逆さまにして二、三度振り、最後の一滴まで落としたあと、床に転がす。

最後の一杯、じっくり味わおうと思ったのも束の間、ひと息に飲みほしてしまった。

ふうと大きく息を吐いたとき、床がぐらぐら揺れているのに気がついた。未練がましく湯飲みを持ったまま、利助は話しはじめた。

「五郎右衛門の家に行った。親父の田んぼを取りあげた、隣村の上百姓さ。おれがまだガキだった時分の話だがな。倅に代替わりして、五郎右衛門はすっかり年寄りになってた。おれが打ち壊しの仲間に入ったのは五郎右衛門のうちに行くと聞いたからだ。女房子供は逃がしたんだろう。うちにいたのは、五郎右衛門と倅だけさ。二人並べて庭に座らせておいて、あいつらの目の前で家をぶっ壊した。襖だ、戸板だ、箪笥だ、畳だってどんどん積みあげた。床板も剝がしたな。それを積みあげて火を点けた。あとは壁をぶっ壊し、かまどを叩きつぶした。水屋の棚にはきれいな茶碗やら皿やらがきちんと重ねてあった。棚ごと鍬でぶっ叩いた。棚も器も全部ばらばらんになった。そのうち蔵を開けた奴がいた。中に茶箱があって、証文が何重、何百とあった。おれは字は読めねえが、それでも親父の名前くらいわかる。親父の証文もあったのさ。それも燃やした。みんな灰にしてやった。それで親父の田んぼや死んだ妹や弟たちは戻ってくるわけじゃねえのにな」

しゃべり出すと止まらなかった。旨い酒と同じで止めどない。

「打ち壊しをやったのはたったの三日だ。あんた、おれのことを打ち壊しの頭目みてえにいったが、違うんだ。五郎右衛門の家を壊してるうちに夢中んなった。誰よりも鍬や鳶口を振りまわしてただけだ。本当の頭目は三人だ。二本差しだったが、無宿人だな。最初にうちの炭小屋に来たのもその三人だった。連れていかれた夜、酒盛りをやって、お前には見どころがあるといわれたもんさ。奴らも世直しだといってたが、結局は金よ。酒飲んで、妓抱いて、博奕を打つくらいしかない。何が世直しなもんか。それでも暴れて、ぶっ壊してるのは楽しかった。三日目の夕方、ある村に入ったら役人たちが兵を連れて待ちかまえてやがった。村の百姓も鉄砲だの、鍬や鎌だの持ってやがった。あっという間に散り散りよ。頭目株の三人も逃げたが、捕まった。無宿人だからな。山道を知らんかったし、かくまってくれる村の連中もいない。首を斬られて、最後に襲った村にさらされた。おれが見たときには首は三つとも腐って、真っ黒になってた。ずいぶん蠅がたかってたっけ。三つとも目をつぶってたけど、一番の頭目株だけは口を開いて、真っ黒になった舌を吐きだしてた」

「お前も捕まると思ったか。それが怖くなったか」

違うといいかけたが、利助は言葉を嚥みこんだ。手にした湯飲みをもてあそんでいる。

怖くなったのは壊すことが心地よく、やめられそうにないと思ったからだ。首になってさらされたところで死んでしまえば、何も感じない。

父、母の待つ炭小屋に戻ったが、焼け落ちていた。五郎右衛門の家を壊し、証文を焼いたが、何にもならなかった。

湯飲みを置き、丑松を見る。

「それでおれに頼みってのは何だ？」

「おう」燈明皿の取っ手をつかみ、丑松が立ちあがる。「こっちへ来てくれ」

板間ととなりを隔てる木戸を開くと燈明皿をさしかけた。ほのかな光を受け、床に積みあげられている球が見えた。

「ざっと百ばかりある」

丑松が自慢げにいう。

「何だ、こりゃ」

「ひとだまの正体さ。煙硝を油紙にくるんで線香を立ててやる。線香が煙硝に火を点けるころには、まんまと逃げだしてるって寸法だ。世直しの道具だよ。これで悪人どもの家屋敷やら蔵やらどんどん火を点けてやる。江戸中火の海よ。天狗だといえば、どいつもこいつも震えあがるからな」

「そうしておいて火を点けられたくなかったら金を出せといえば、いくらでも出すか」

「金は邪魔にならねえ。困ってる連中に配ってやりゃ、米のまんまもあたろうってもんだ。だいたい米の値段が上がってるっていうのは……」

丑松がまくしたてるのを聞きながら利助は炭になった炭小屋を思いだしていた。悪いシャレだ。話が途切れたところで利助は訊いた。

「で、おれに何をしろってんだ?」

「世直しの手伝いをしてもらいてえ。昔みてえによ」

洗いざらい丑松にぶちまけたが、気が晴れることはなく、ただ心が空っぽになっただけだ。

ふっと二合半の濁り酒と田楽、から汁が浮かんだ。朝から晩まで鍋、釜叩いてありつけるのはせいぜいそこまでだ。だからといって悪い奴をこらしめるの、世直しのと暴れてみたところで強盗の片棒を担ぐだけ、誰も救えやしない。

何もかも馬鹿馬鹿しくなった。

ここらで決着か……、この世の暇乞い代わりに派手な花火も悪くねえ……。

うずたかく積まれた球に身を乗りだすようにしていった。

「あれ、何だ? 隅の方にある、あれ」

「あれって?」

「暗くてよくわからん。ちょっと貸せ」

丑松の手から燈明皿を取りあげる。丑松は逆らわずに渡し、となりの部屋をのぞきこむ。

「何だ? 何がある?」

「よく見てろ」

利助はそういうと煙硝の球を積んだ山に向かって火の点いた燈明皿を放った。宙で油が飛散し、ぱっと燃え広がる。

周囲がまばゆいほどに明るくなった。


「利助が一味の一人だったとはなぁ」

いつものように長火鉢の前に座った藤兵衛がつぶやくようにいった。

向かい合わせに座っている誠之進は腕組みしたまま、火鉢の中の灰を見ていた。御殿山のふもとにあった廃屋が焼け、焦げた骸が一つだけ見つかった。入口のわきに鋳掛けの道具を入れた木箱が置いてあり、死んだのは利助だとされた。

三日前のことだ。

その後、利助の長屋からも油紙にくるんだ煙硝の球が十ほど見つかっている。

「天狗は何をやるかわかったもんじゃねえ」

ふたたび藤兵衛がつぶやくのを聞きながら、なおも誠之進は黙りこくっていた。

本当に利助がやったのか……。

その後の調べで伊蔵が聞いた相州で打ち壊しをやっていたという話が明らかとなり、利助が火付けの一味だったことは間違いないとされている。

しかし、誠之進と狂斎、鮫次、それに与吉、伊蔵がひとだまを見た夜に襲ってきた男の素性はわかっておらず短筒で撃ち殺した男も捕まっていない。

あの男だ——誠之進は胸の内でつぶやく——背の高い、頬骨の突きでた……。

第二話　辻　斬　り

一

真新しい高札の前に数人が立ち、見上げていた。ちらと目をやっただけで通りすぎる者も多い。奉行所の達しを伝える高札だが、白木の板に威勢のいい筆致で記されたものもあれば、几帳面ではあってもいかにもおざなりといった字もある。

おざなりの方だなと思いながら歩きつづけようとした誠之進は、見上げている中に口入れ屋藤兵衛の手下、与吉と伊蔵がいるのを見つけ、近づいた。

ちょうど伊蔵が与吉に訊いていた。

「で、御公儀は何だっていってるんでやすか」

「読みゃ、わかんだろ」

与吉が面倒くさそうに答える。

「読めるくらいなら訊いてませんよ」

むっとしたのか伊蔵の声には案外と勢いがあった。やや気圧されたように与吉がいう。

「そりゃ、お前……、あれだよ」

誠之進は二人の後ろから声をかけた。

「世情騒がしく、辻斬り、強盗、押借り、火付けが増えているので各々重々心するようにということだな、与吉？」

二人がふり返り、誠之進を見る。すぐに与吉が伊蔵にいった。

「そう書いてあるじゃねえか」

ぎゅっと眉根をよせた伊蔵が胡散臭そうな目を与吉に向ける。

品川宿の浦高札場——津々浦々にある高札の設置場所——は玉木屋のすぐ先にある橋を渡った対岸にあった。ちょうど漁師町の入口にあたった。

まとわりつく伊蔵の視線を無視して、与吉が誠之進に顔を向けた。

「火付けに心せよというのは、ひとだま騒動のせいでやしょう？」

「どうかな」

首をかしげ、誠之進は高札を見やった。

半月ばかり前、鋳掛屋の利助がひとだまを見たといったところから騒動は始まった。

翌日、誠之進は絵師河鍋狂斎、弟子の鮫次とともにひとだま見物に出かけ、まばゆい光を放って宙に浮かびあがる球を見ている。

翌朝、与吉が油紙にくるまれ、線香を突きたてた煙硝の球を見つけてきた。火付けのからくりではないかと見られた。

その後、御殿山南側の裾野で打ち棄てられた百姓家が燃えた。中から黒焦げの骸が見つかったのだが、顔かたちは判別がつかなかった。しかし、入口のそばに鋳掛け道具があったところから死んだのは利助とされた。

とうの利助は住んでいた長屋に戻って来ず、その長屋から油紙にくるんだ煙硝の球がいくつか見つかったため、騒動の火元こそ利助自身、さらには火付けを目論んだ下手人と断定されたのである。そのため黒焦げの死体の首が斬られ、品川宿の先にある鈴ケ森の刑場にさらされている。

与吉がふたたびいう。

「あっしゃ、奴は天狗の一味じゃねえかと踏んでるんですがね」

誠之進はうなっただけで何とも答えなかった。

狂斎、鮫次とともにひとだまを見た夜、誠之進は正体不明の男に襲われた。その男は仲間らしき背の高い男に短筒で撃たれ、死んでいる。いまもって素性はわかっていなかったが、伊蔵が何者かが天狗と名乗ったのを聞いていた。

天狗は水戸浪士の異名でもある。

この春、江戸城そばにおいて大老井伊掃部頭が暗殺され、年号が安政から万延に変わった。大老暗殺以来、目の前の高札に書かれてあるように辻斬り、押借り等々が横行し、市中は不穏な空気に包まれていた。押借りとは、富裕な商家に押しかけ、強引に借金を申しこむことだ。金を出さなければ、天誅を加えると脅した挙げ句、借りた金は返さないのだから強盗と同じだ。

天狗の仕業という風評が立っていた。大老の首級を挙げた天狗なのだから何をするかわからないと恐れられた結果でもあった。天狗とさえいえば、金が出てくる。騙りも多いと見られていた。

与吉がぼそぼそとつぶやきつづける。

「大地震、大風、鉄砲水に流行病も怖えが、これは天から降ってくる災難だから逃げようもありやせん。でも、火付けはいけやせん。十六の娘にもできやす」

そりゃ人形浄瑠璃の話だろと誠之進は胸のうちでつぶやいた。しかし、たしかに火付けなら一人でも江戸市中を火の海にできるし、人死の数は天変地異と変わらない。

伊蔵が気色ばんで口を挟んだ。

「利助は少しばかり気の短いところはありやすが、火付けなんて悪行ができる男じゃありませんぜ」

与吉が伊蔵の鼻先にぐっと顔を寄せた。

「おれの目が節穴だっていいてえのか」

「いや、おれは……」

「それにあの野郎は黒焦げになった上に首まで斬られて、鈴ヶ森にさらされたんだ。御公儀に間違いのあるはずがねえだろう。違うか」

気圧された伊蔵が顔を伏せ、横を向いた。

前に伊蔵は利助に酒を買ってやったことがあるといっていた。利助が相州の百姓の倅だと誠之進に教えてくれたのも伊蔵である。

どちらかといえば、誠之進も伊蔵の見方に近かった。法禅寺裏の長屋で鋳掛け仕事をしている姿を見ている。鍋、釜を懸命に叩いている顔は生真面目な職人そのものだったし、ぼそぼそと喋るところは覇気があるとはお世辞にもいえなかったが、悪人とは思えなかった。

だが、人は見かけによらない。伊蔵が聞いたところでは、利助の父親は天保期の飢饉をしのぐために借金をし、そのため、田が質流れして逃げださざるを得なかった。その後、山間で炭を焼いて細々と暮らしていたが、打ち壊し騒動が起こったときに利助は仲間に加わり、近隣の村々を襲ったともいう。これも伊蔵が利助から聞いていた。

ひとだま騒動にはいくつも解せないところがあった。たとえば、煙硝を油紙にくるんで線香を立てるというからくりだ。天狗の目的が富裕な商家を脅すことにあるなら堂々と名乗って火を点けそうなものだ。火の点いた線香を突きたてるというのは、煙硝が破裂するまでに逃げだす間をかせぐためと考えられた。

天狗がそんな小細工を弄するか――誠之進の疑問はそこにある。

何より利助だ。少なくとも誠之進の周辺で最初にひとだまを見たというのが利助なのだ。それも仰天して気を失い、翌朝、与吉に助けられて橘屋に担ぎこまれている。利助が天狗の一味であり、火付けの首謀者であるならわざわざひとだまを見たと大騒ぎするとは考えにくかった。

二人と別れ、法禅寺裏の長屋に戻ると框(かまち)に腰かけていた治平(じへい)が立ちあがった。

「お帰りなさいまし」

「父に何かあったのか」

「いえ、息災にございます。息災すぎて困っているくらいで」そういって治平は懐から手紙を取りだした。「旦那様から竹丸(たけまる)様へということにございました」

旦那様というのが父、竹丸が誠之進の幼名だ。品川宿では司誠之進と名乗っているが、本姓は津坂(つさか)である。父は津坂東海(とうかい)といい、磐城平(いわきたいら)藩(はん)の江戸藩邸で藩主の側用人(そばようにん)を務めていた。今は隠居し、役目と兵庫助(ひょうごのすけ)という名は嫡男である誠之進の兄にゆずり、東海と号していた。

治平は次々に主(あるじ)を変える渡り中間(ちゅうげん)だったが、互いに相性がよかったようで、父の隠居後も世話をつづけており、かれこれ三十年にわたって勤めている。父との付き合いは誠之進より長い。

開いてみるとたった一行、明日、午(ひる)までに屋敷に来いとあるだけだ。父の手になる文字であることは一目でわかったが、ひと言治平に伝えさせれば、済むことではないかとも思った。

手紙をていねいに折りたたみ、懐に収める。

「あいわかった」

「それでは、私はこれで」

治平が会釈し、長屋を出て行く。路地の角を曲がるまで誠之進は見送った。足取りは軽かったが、髪は白く、躰は一回り小さくなっていた。

歳(とし)とったな、治平……。

古畳に端座した研ぎ師秀峰(しゅうほう)が手に持ち、鼻をこすりつけんばかりに顔を近づけてしげしげ眺めているのは誠之進のキセル筒だった。胴には精緻な唐草模様を彫りこんである。

「傷は一つだな」

キセル筒には敵の刃を受けとめる鍔(つば)がない。それゆえ軟らかな銀を巻きつけ、刃が食いこむようにしてある。襲ってきた相手が誰であれ、打ちこんだ刀が吸いついて離れなくなれば目を白黒させる。

秀峰が鎌首を持ちあげた蛇の顎に右の人差し指をかけ、蓋に巻きついている蛇を握りこんだ。ちょうど逆手で抜いた恰好になる。

「最初はこうだな?」

「そうだね」

刀掛けから大小刀を取った誠之進は腰に差し、それぞれの下げ緒をきっちり結びながら答えた。

ひとだまを見た夜のことを思いかえす。黒い人影が長屋の角を曲がって遠ざかっていくのを見た。追いかけながら腰の後ろに差してあったキセル筒を抜いた。走り去っていく様子があまりに無造作に見えたからだ。

誘っていると思った。

案の定、長屋の角を曲がったとたん、壁に身を寄せた相手が刺突してきた。逆手で抜いたキセル筒で切っ先を払うのはさほど難しくなかった。あらかじめ心構えができていたからでもあったが、伸びてきた切っ先は遅く、剣の心得がないことがすぐにわかった。

切っ先を払っておいて、相手の懐に飛びこみ、剣をキセル筒で押さえこんだまま、足をからめて突き転ばすつもりでいた。剣を持った手を踏んづけ、殴りつければ、大人しくさせられる。生かしておいて喋らせるつもりもあったが、ろくに剣も使えないような男を殺すには及ばなかったからだ。

だが、もみ合っているうちに少し離れたところに立っていた別の男が短筒を撃った。その弾が背中に命中し、呆気なく死んでしまった。

撃った男は背が高く、頬骨の突きでた痩せた男だ。稲光が周囲を白く輝かせた刹那、顔を見ている。

あのときの男だろうか——誠之進は天井を見上げて思った。

利助を長屋の近くで見つけ、ふた言三言話をして別れた直後、背の高い男がすぐ近くにいた。背を向けていたので顔こそ見ていないが、後ろからでも頬骨が突きでているのはわかった。刺突を躱され、誠之進と揉み合っている相手を撃ち殺した男と背恰好や頬骨の形が似ていた。

誠之進は言葉を継いだ。

「そいつのおかげでまた命拾いした。息子さんに礼をいっておいてくれ」

秀峰がちらりと笑みを浮かべてうなずいた。秀峰には三人の息子がいる。長男は別の研ぎ師の下で修業しており、次男は刀工となった。三男が銀細工の職人で、誠之進の持つキセル筒を作った。

下げ緒を締め終えた誠之進は腹をぽんと叩いた。

髷を結いなおし、袴を着けて、大小を差せば遊び人から武士らしい恰好になる。もっとも月代を剃っていないので、せいぜい職にあぶれた浪人といったところだ。

手元のキセルに莨を詰め、火を点けた秀峰が深々と吸いこんでぷかりと煙を吐いた。

「それにしても安藤対馬てえのは大した役者だな」

対馬守だとは訂正しなかった。秀峰との付き合いは数年になるが、自分の素性を明かしてはいない。

もう一服吸い、煙を吐きながらつづける。

「胴と首が離れている怪我人を見舞ってるんだから」

大老井伊掃部頭が襲われ、首を取られたことは今では市中に知れわたっている。だが、襲撃直後は世の中が騒然とするのを避けるため、大老の死は極秘とされた。

首を取ったのは、襲撃した中にいた薩摩脱藩浪士だった。血刀に突きさした首を掲げ、襲撃地点にほど近い若年寄遠藤但馬守上屋敷前にたどり着いたものの後頭部から首筋、背中にかけて深々と斬りさげられ、瀕死の状態だった。

門前に大老の首を置き、わきで腹を切ろうとしたが、死にきれず、門番に介錯を頼んでいる。しかし、遠藤家家中の藩士にすれば、何が起こっているのか皆目見当もつかなかった。介錯とわめきつつも薩摩の名は出さなかったし、抱えていたのが井伊大老の首だとも告げなかった。脱藩した身ゆえ、藩の名を出すのをはばかったのか、すでに口をきく力もなかったのかはわからない。そのため遠藤家では浪士と彼が抱えてきた首を一枚の戸板に載せ、近くの辻番所に運びこんだ。

　薩摩浪士の息は辻番所に運びこまれたときには絶えていた。一方、遠藤家も辻番所も持ちこまれたのが大老の首だとは夢にも思わなかった。乗り物わきに引きだされていた大老の遺体はすぐに井伊家上屋敷に戻されたが、首は一時行方不明となった。

　一連の事柄が明らかになったのはすっかり明るくなってからで、雪も上がり、空は晴れわたっていた。

　大老の死を秘し、怪我の療養と称させて、井伊家断絶を回避したのが老中の職にあった安藤対馬守だ。井伊家を訪れ、大老の遺体にていねいに挨拶をしたあと、怪我の状態を将軍家に報告したのも安藤対馬守である。

　その後、安藤対馬守は下総関宿藩藩主久世出雲守とともに筆頭老中を務め、事態の沈静にあたった。久世出雲守が井伊大老によって罷免されていたのを非常時であるとして復職させたのも安藤対馬守である。

「やり手ではあるな、あんたの殿様は」

　さらりといい、秀峰がキセルを莨盆の縁にぶつけて灰を落とした。

　ぎょっとした誠之進だったが、何もいわずに秀峰を見ていた。

「やり手だけに敵も多い。よく玉石混淆というがね、たいていは役にも立たない石ころだが、わずかながらも玉はある。あんたらにとっては厄介のタネだから玉なんてとんでもねえってところだろうがね」

秀峰の口元から笑みが消えた。

「このところ南の連中が刀を研ぎに出してくる」

秀峰の仕事場兼住居、〈研秀〉は芝にある。目と鼻の先が薩摩藩中屋敷で入口から顔を出せば、門が見えた。南の連中というのは薩摩島津家中の者たちに他ならない。

「それがどいつもこいつも十把一絡げの数打ちもんでね」

誠之進は胸底にひやりとしたものが流れるのを感じた。数打ち物とは安価な刀を指す。実戦に名刀は要らない。むしろ家宝ともなれば、傷つけるわけにもいかず、斬りむすぶなどできない。実戦に用いられるのは、安価で無銘の刀だ。刃がついていれば、人を斬るのに何ら問題はない。

「楽な仕事ではあるが、金にはならん」秀峰が顎をしゃくり、誠之進の腰を指した。

「その乕徹なら研ぎ賃も吹っかけられるんだが」

誠之進は自分の腰に目をやった。

大刀は長曽禰興里作、通称乕徹、小刀は磐城平藩の国許の刀匠根本国虎作である。五代前の先祖が勲功を認められ、ときの藩主から賜ったもので、本来であれば、家督とともに兄が引き継ぐべきところだが、兄が剣術に見向きもしなかったため、父は乕徹と国虎を誠之進にゆずった。

「名のある刀ってのは、看板背負って歩いてるようなもんだぜ。来歴が知れわたってる。𤰖徹は安藤対馬の家来、江戸詰めの側用人を務めている津坂家の……」

秀峰がにゃあっとする。

「おっと誠さんは司様だっけな」

「そう」

研ぎ師秀峰は腕がよく、評判が高い。それだけに大名家、その家来、旗本たちからも貴重な名刀が持ちこまれている。鑑定などしないが、目に狂いはなかった。銘が切ってあろうとなかろうと、本物と偽物をきっちり見分ける。

以前、どうしてわかるのかと訊ねたら匂うといわれた。食えない親父でもある。

「土蔵相模に物騒な連中が出入りしてるらしい」

相模屋は品川宿の旅籠だが、塀に土蔵のような模様が入っているところから土蔵相模の通り名で呼ばれることが多い。

「土蔵相模だけじゃなく、玉木屋や誠さんが出入りしてる大戸屋にもね」

品川宿は東海道第一の宿場で西から来る者が江戸に入る前には必ず一泊するだけでなく、江戸からもっとも近く、繁華で、妓の数も多いため、市中から藩邸詰めの藩士やら大商家の番頭連中がぞろぞろ遊びに来ている。それだけに非公式な外交の場ともなった。

「何でも法禅寺の裏に南蛮人の屋敷が造られるって話じゃねえか」

「法禅寺の裏って、おれはそこに住んでるが、そんな話、聞いたこともない」

「噂だよ。南の連中が焼き打ちだの何だの喋ってやがってな。おいらに耳がないとでも思ってるのかね」

そういうと秀峰は耳の穴に小指を入れ、ほじくるような仕草をした。

磐城平藩の下屋敷は、家中では本所の屋敷で通っていたが、実際にはもう少し東にある。所詮江戸の西端は大川なので、そこから東は目くそ鼻くその類いで誰も気にしない。ならば、正直に地所を告げればいいものを少しでも江戸城に近いと見栄の一つも張りたいのが人情なのだろう。

こぢんまりとした父の隠居所は下屋敷のうちにある。門まで行くと、治平が待ちかまえていた。

「遅うございましたな」

「午……、ちょっと過ぎたか」

「いえ、ずいぶん」

すでに陽が傾きかけている。治平が急かす。

「旦那様がお待ちでございます。それとお客様が」

「客」

「はい。竹丸様とは以前からお見知りとか」

「何という御仁だ」

「さあ」

首をかしげた治平だったが、すでにすすぎは用意してあり、さっと足を洗った誠之進は奥の座敷に向かった。手入れの行き届いた庭に面する縁側に片膝をつき、声をかける。

「ただいま参りました」

「おう、入れ」

「はっ」

両手で障子を開ける。床の間を背負った父、向かいあう恰好で日に焼けた偉丈夫が端座している。

白い歯を見せ、会釈をしてきた。

「しばらくぶりでございます」

「おお、藤代（ふじしろ）殿。こちらこそすっかりご無沙汰しておりました」

座りなおした誠之進は両手をつき、ていねいに辞儀を返した。

二

「ひとだまを見られたそうで……」

　いきなり藤代が切りだした。

「ひとだまというか、火の玉ですね。煙硝が燃えて、火球になりましたので」

　ちょっとした騒ぎになったのだから十日も経てば、市中の噂が藤代の耳に届いていたとしても不思議ではない。

　藤代が重ねて訊ねる。

「天狗の仕業だとか」

「直接私が聞いたわけではありません。そのときいっしょにいた者に天狗と名乗りました」

「ほう……」藤代が目を細める。「火付けをしようという者が自ら名乗りますかね」

　誠之進はきっぱりと答えた。

「名乗らないでしょう」

　納得したというように藤代がうなずいた。

　藤代と初めて会ったのは、昨年秋のことだ。品川宿にある〈金扇(かねおうぎ)〉という茶屋で、父が連れてきた。きちんと羽織、袴を着けていたが、それほど金のかかった身なりには見えなかった。それは今も変わらない。炎天だというのに今日も羽織、袴姿だ。

あとになって父が藤代は横目付の手代だと教えてくれた。横目付は諸藩の監視役だが、藩主、大名を見張るのは大目付の役割になる。単なる目付は旗本、御家人に対して目を光らせていた。

目付と名が付けば、素性を明かさず、対象をそっと見張るのが職務であり、ゆえに公儀隠密とも呼ばれる。もっとも目付はそれぞれの職の総責任者であり、実際に江戸市中や諸国を巡り、任務にあたる者は手代、手先である。

横目付として藤代が担当しているのが長州萩藩だった。

昨秋、磐城平藩藩主安藤対馬守の肖像が見つかった。肖像といっても下絵の、それも反古で、発見されたのは萩から来た絵師が住んでいた塾の寮である。肖像のみならず登城に際して上屋敷の門を出る様子を子細に描いた絵もあった。当時、藩主は幕閣において若年寄の職にあり、老中への昇進話が出ていた。

危惧を抱いたのは、側用人を務める兄兵庫助、それと父東海の二人だった。肖像があまりに殿に似ていること、登城の様子を描いた一枚の方には供回り、つまりは護衛の状態がつぶさに描かれていた。どちらも襲撃をくわだてようとする輩には役立つ。

七年前、亜米利加のペルリが黒船を率いて浦賀に来航して以来、英吉利、仏蘭西、露西亜などのいわゆる列強が通商を求めて来るようになった。ペルリがやって来る直前、清国が英吉利の艦隊と戦い、あっさり敗れた事件が起こり、彼我の兵力、武装の差は歴然としていた。幕府が列強諸国の要求を呑み、不平等ながら通商条約を結ばざるを得なかった背景である。

それに対し、江戸市中のみならず京、大坂ほか各地で外国人を追いだせ、打ち殺せと攘夷の声があがった。だが、所詮列強の兵力に抗する術はなく、批判は自然と幕府、とくに強権を発動して条約を結んだ大老井伊掃部頭以下、重臣に向けられた。重臣のうちには若年寄安藤対馬守もふくまれ、身辺に危険がおよぶ可能性があるとされたのである。

反古が見つかった寮にいた絵師が品川宿に潜んでいることがわかり、父の命令を受けた誠之進は絵師の居場所を突きとめ、下絵ではなく、完成した本画を奪い取った。しかし、絵師には逃げられてしまった。

『一度描いたものなれば、何度でも絵にできる』

そういったのは河鍋狂斎である。

誠之進はふたたび父の命によって萩まで追いかけていった。その萩でも藤代に会っている。

誠之進は藤代を正面から見据えて訊いた。

「天狗ではなく、ひょっとして彼の御家中の……」

長州萩毛利家とあからさまに名を出すまでもなかった。藤代が顔の前で手を振る。

「いえ、そこまではわかりません。ただ……」

「煙硝を油紙にくるんで、線香を立てるという手口が天狗の仕業らしくない、と」

誠之進の言葉に藤代がうなずく。

「いかにも」

それまで黙っていた父が腕組みしたまま、唸った。誠之進と藤代が目を向けても、父は自分の膝辺りを見ていた。

「儂は隠居の身だから世情にはうとい。だが、隠居であるがゆえの傍目八目もある」

藤代がうながした。

「東海殿はどのように見ておられますか」

「ひとだまのからくりや、誰がやったかなどわからん。ただ儂には萩毛利家と水戸徳川家がよく似ているように思われてならん」

頓着することなく毛利、徳川の名を口にする父に呆れもしたが、所詮は父の隠居所の奥座敷で話をしているだけなのだ。聞き耳を立てる者があるとすれば、諸藩を監視する横目付くらいであり、当の横目付手代は目の前にいる。

家名を口にしなかったことが何だか馬鹿馬鹿しくなった。

「はて」藤代が首をかしげる。「毛利家は外様、水戸徳川殿といえば、親藩中の親藩、御三家といわれる家格でございますが」

父が目を上げ、藤代を見返す。

「御三家といっても将軍家にはなれぬ。ついこの間、千載一遇の好機があったが、それも潰された」

好機とは、十三代将軍の継嗣問題を指す。水戸藩前藩主斉昭の子、一橋慶喜が将軍に推されたものの井伊大老がすべてをひっくり返した。

父が言葉を継ぐ。

「儂が水戸と毛利が似ているというのは、どちらも臥薪嘗胆が二百数十年に及んでいるところだ。毛利は関ヶ原で敗れ、西国一帯を治めていたのが萩なんぞの小さな田舎町に押しこめられた。それ以来、初代の恨みを代々語り継いでいるという。水戸徳川家にしてもそもそも藩祖威公が権現様の血筋でありながら親兄弟にうとまれて、水戸藩をもらえる話なんぞなかった。巡り合わせだ」

権現様こと徳川家康の十一男、頼房が水戸藩の藩祖、威公はその諡――死後の称号――である。父のいう巡り合わせとは、江戸に幕府が置かれた頃、大藩の藩主に収まった兄たちが夭逝し、水戸藩主に就いた一歳年上の兄が尾張に転封となったため、急遽水戸藩を嗣いだことである。

尾張、紀州とともに御三家といわれる水戸藩だが、石高では二家にくらべて半分以下でしかなく、それが頼房には気に入らなかった。そのため実高二十八万石のところ、幕府には三十五万石と届けたのである。三十万石を超えれば、少なくとも格において尾張、紀州と肩を並べられるが、見栄のための見かけ倒しに過ぎない。

頼房の届け出を裏付けたのが第二代藩主光圀——現在に至るまで水戸黄門として親しまれている人物——であった。新田開発によっていきなり七万石以上も増やすのはさすがに無理がある。そこで光圀が奇手を放った。幕府や他藩が六尺三寸をもって一間とする中、水戸藩のみは六尺ちょうどとしたのである。石高は田の面積によって決められるため、これだけで二十八万石が一躍三十五万石となった。

藩としては名実ともに面目を保った形だが、水増しされた面積に対して年貢を課せられる百姓はたまったものではなかった。

「そして義公だ」

父がいい、藤代と誠之進は黙って見返した。義公が光圀の諡である。

「義公は大日本史の偉業を始められた。おかしいとは思わぬか」

光圀は大日本史の編纂事業に着手したことでも有名だ。大日本史は、徳川家ではなく朝廷の歴史を叙述したものだ。藩費の三分の一を投入し、完成したのが三百年後、明治に入ってからという一大事業であった。徳川家ではなく、朝廷を選びとったのは、大元に尊皇思想があったにせよ、父頼房の徳川家本流に対する怨念が強く働いていたのではないか。余談めくが、この大日本史が長州、薩摩そのほかの倒幕勢力、いわゆる勤王の志士たちにとって思想上の屋台骨となっていく。

「はて」

首をかしげた藤代が誠之進に目を向ける。誠之進は唇の両端を下げてみせた。

「曲がりなりにも御三家だぞ。それなのに大日本史は京におわす天子様の歴史だ。お立場からすれば、徳川家の偉業こそ記して後代に残してしかるべきではないか」

「義公に異心ありといわれますか」

誠之進の言葉に父は一瞬目をすぼめ、言葉を切ったが、唇を嘗めるとすぐに首を振った。

「そこまでは申しておらん。おかしくないかといっておるだけだ。藩祖威公には肚に据えかねる思いもあったのではないか。それを義公が察せられ、引き継がれ、今なおつづいている。藩祖から数えれば、二百数十年になる」

「そこが水戸と萩の似ているところだと?」

藤代がいい、父が小さくうなずいた。

斉昭は第七代藩主の父から養子に行くとしても親藩は避けるよう厳しく教育されたという逸話がある。万が一、争乱の世となった場合、親藩であれば徳川に味方し、朝廷を敵に回す可能性があるから、と。

　藩祖頼房、二代目光圀から連綿とつづく尊皇の家風に染まっていた斉昭だが、幕閣で重職に就くや、ふたたび徳川本流との激突に巻きこまれる。それが第十三代将軍の継嗣問題だった。

　しかし、斉昭がどこまで朝廷を尊重して持論を展開したかは少々怪しい。推したのが自分の子、一橋慶喜なのだ。自らの権力欲を満たすためと見えなくもない。何しろ御三家の一つながら格は一番下、水戸徳川から将軍の出たためしがない。一族からの将軍輩出は、藩祖以来の悲願でもあったろう。

　第十四代将軍をめぐって幕閣がまるで三十年前の水戸藩内部のように二分したとき、これを非常事態として大老が置かれることになった。就任したのが老中井伊掃部頭、そして大権をもって当時の紀伊藩藩主を十四代将軍徳川家茂とする。

　これで斉昭が収まるわけがない。越前、尾張の藩主と結託して無断登城し、井伊大老を痛烈に面罵するのである。さすがに継嗣問題で大老を難詰するわけにはいかない。責め立てたのは朝廷の許可を得ぬまま、亜米利加と通商条約を結んだ点である。

　天子様をないがしろにしておる――。

　しかし大老も黙ってはいない。掟破りの無断登城に対し、斉昭ならびに越前、尾張の藩主をことごとく隠居に追いこんだ。

それだけでは済まなかった。今度はときの天皇から水戸藩に対して直接勅書が下される事件が起こった。勅書の内容は無断で亜米利加と条約を結んだ幕府を叱る一方、水戸藩へは御三家の一つとして幕閣を取りまとめ、攘夷にあたるようにというものだった。この勅書は正式な手続きを経ないで下されたため、密勅と呼ばれる。幕府は水戸藩に対し、即刻密勅を返納するよう求めた。

父がこの辺の事情に詳しいのは、返納交渉に水戸藩へおもむいたのが他ならぬ殿――安藤対馬守であったためだ。

しかし、水戸藩は頑として応じなかった。激怒した井伊大老は、そもそも密勅が下されたのは水戸藩の策謀によると断じ、家老の切腹、ほかの重職たちにも斬首、遠島を命じた。さらに江戸藩邸にいた斉昭には水戸での永蟄居を申しつけ、追いはらってしまったのである。

二年ほど前から昨年にかけてのことだ。

一連の厳しい措置に水戸藩では井伊大老に対する強い恨みの念が充満した。そして一部の藩士が脱藩、この三月に桜田門外において大老暗殺の暴挙に出たのである。

父がしみじみとした口調でつづけた。

「歳をとると何でもかんでも心配になるもんだ。攘夷、攘夷と御公儀を責める輩が跋扈しておるが、攘夷なんぞ、誰にできるものか。どこに黒船がある？　大砲がある？　誰にもできん、船も砲もどこにもない。皆、わかっておる。わかっていて御公儀を責める道具として攘夷を使ってるだけではないか」

　誠之進はおだやかに訊いた。

「父上は何を心配されているのですか」

「似たもの同士が結ぶこと」

「まさか……」

　さすがに水戸藩と萩藩が結託するとは誠之進も口にできない。父の顔は伏せられたままだが、表情は厳しかった。

「天狗も元をたどれば、跡目争いをやってた連中だろ。水戸の老公が永蟄居を命ぜられるや藩内には憤怒、怨嗟が充ち満ちたと聞いておる」

　老公とは井伊大老に無理矢理隠居させられた水戸藩前藩主斉昭のことだ。

　顔を上げた父が誠之進、次いで藤代に目を向けた。

「脱藩してまで意趣返しにあの一件をやったのが天狗どもだ」

　井伊大老暗殺である。

　父がつづける。

「まだ家中にある者はいい。しかし、藩というくびきがなくなれば、どこで何をやるかわかったものではないし、誰と結ぶかもわからん」

父が誠之進を見る。

「あの絵師は萩の出で、品川宿に潜んでおった」

「はい」

「儂も品川宿がどのようなところかは少しばかり知っているつもりだ」

側用人を務めていれば、他藩の同職と情報交換をする必要もある。ひそかに会合をもつ場としてはまことに都合がいい。

「他国の連中も多く入っておるし。とにかく有象無象が蠢いているところに今度のひとだま騒動だ。しっかり目を開き、耳を澄まして、口は……」

誠之進はうなずき、ちらりと藤代を見やったあと、父に視線を戻した。

「ここに参ったときだけ開くようにいたします」

「うむ」

父がうなずき、藤代も同意するように誠之進に目を向け、うなずいた。


ぷーん。

耳障りな蚊の羽音が近づいてきて、右耳の後ろで消えた。手のひらで首の後ろをぴしゃりと叩き、思いのほか大きな音がして伊蔵は思わず首をすくめた。

蒸し暑い夜だった。じっとり汗ばんだ手足や胸、首の後ろはいくつも蚊に喰われ、ぼこぼこになっている。痒くてたまらない。我慢できずに掻きむしっていた。肌がぬるぬるしている。血だろう。皮が破れたせいか、腹一杯に血を吸った蚊を潰したせいかはわからない。

「チクショウ」

そっと罵る。

荒れた寺のまるで手入れをされていない庭で、木々の間に生い茂る雑草の間——蚊の巣窟に身を潜めているのだ。腹を減らした蚊にしてみれば、汗ばんだ伊蔵はとびきりのご馳走だろう。

むず痒さをこらえ、本堂に目を凝らす。本堂とはいっても仏像も祭壇も取り去られ、がらんとした板の間でしかない。脚のついたひょうそくが二本立てられ、油に浸した芯が燃えている。ゆらめく炎の光の中、数人の男たちが車座になっていた。

腹をさらしで巻いただけの男が竹で編んだ壺を持ちあげ、わきに控えている同じくさらしだけの半裸の男がすかさず声をかける。

「五二の半」

二人を丸く囲む男たちから喚声とぼやきが半々に上がる。男たちの声はいずれも低く、庭にひそんでいる伊蔵の耳にかすかに届くほどでしかない。

ひょうそくの炎だけでは闇を払うことはできず男たちの顔をはっきり見分けられなか

った。だが、伊蔵はそのうちの一人にひたと目を据えている。座っていてさえその男は頭一つ飛びだしているので見間違えようはなかった。

丑松。

今の勝負に勝ったのだろう。黒い顔の中、歯だけが白く見えた。

前に利助に酒を買ってやった居酒屋の前を通りかかったとき、中にいる丑松を見つけた。店の前を通りすぎ、路地の先の暗がりにたたずんで丑松が出てくるのを待った。

黒焦げの利助が打ち首となって十日あまり、伊蔵はひそかに丑松を追っていた。今までにも二度、同じ居酒屋で見かけているが、酒を飲み終えた丑松はまっすぐねぐらに帰っていた。

ところが、今夜は居酒屋を出ると長屋とは反対の方に歩きだした。伊蔵は尾け、荒れた寺までやって来たのである。丑松、それに利助が住んでいた長屋の北にある。

小金の入った利助が品川宿に行こうとしたとき、丑松に出くわし、やって来た賭場というのが目の前の荒寺なのだろうと察しがついた。

利助の首は鈴ヶ森にさらされた。火付けをすれば、火あぶりののち、打ち首となってさらされるのが定めだが、先に黒焦げになっていたのだから火あぶりの手間がはぶけたようなものだ。

しかし、伊蔵にはどうしても利助が火付けをしていたとは思えなかった。鋳掛屋をして、安酒を飲めば消えてしまうくらいしか稼いでいなかった。小心者で、小嘘を吐く。江戸っ子と口にするたび、目が泳いだ。それを見て田舎から出てきたに違いないと踏んだのだが、睨んだ通り相州出の田舎者であった。

酒を買ってやったとき、いつもの倍だと喜び、意地汚く飲んでべろべろに酔っ払った利助が生い立ちを喋った。父親は小さいながらも田んぼを持っていたが、不作でどうしても年貢が納められず、仕方なく質に入れて、金を借りた。しかし、不作が四年もつづき、借りた金を返せないまま質流れとなって取られてしまった。

後世にいう天保の大飢饉のときだ。

以来、山奥に引っこんで炭焼きをしながら親子三人、食うや食わずに暮らし、その後、近所で起こった打ち壊し騒動に駆りだされた。挙げ句、役人に追われる身となり、両親といっしょに住んでいた小屋も焼かれて江戸へ出てきた。

他人ごととは思えなかった。打ち壊しの一味に加わりこそしなかったが、伊蔵もまた田んぼを人手に渡し、一家離散した百姓の倅なのだ。武州岩槻の産というところも利助とは違っていたが……。

目を赤くし、ぼんやりと足下を見つめていた利助がいった。

『おらぁ、怖くなっちまったんだ。家の壁やら天井やら壊して、箪笥や長持ちを庭に積みあげて火を点けたりするのが楽しくなっちまった。いつか必ず人を殺めちまうだろう。

そのうち人を殺めることを何とも思わなくなるだろう。そいつが怖かった』

酒を買ってやった夜は、伊蔵もいっしょになって飲んだ。酔いがまわるほど、目の前でぼそぼそ喋っているのが自分なのか利助なのかよくわからなくなった。今でこそ与吉とともに橘屋に出入りし、剛っ引きの真似事をしているが、ゆすり、たかりで何とか食いつないでいるに過ぎない。

何度か壺が振られ、そのたびに男たちはどよめいた。

やがて丑松が立ちあがる。車座になったうちの一人が声をかけた。

「勝ち逃げかよ」

「このあと野暮用があってね」

声をかけた男が罵声を浴びせたが、丑松は気にする様子もなく本堂を出た。伊蔵は躰を低くしたまま、山門へ回る。

蒸し暑かったが、空に雲はなく、中天にかかる月が辺りを青く照らしている。品川宿の方へぶらぶら歩きだした丑松のあとを追うのは造作もない。

野暮用というのが聞こえていたのでてっきり品川宿に行くのかと思ったが、丑松が向かったのは寺町の方だ。一角に長屋がある。

「帰(けえ)るのかよ」

そっと毒づく。

ところが、長屋の手前で丑松はさっと右に曲がり、寺の塀の陰に入った。足音を忍ばせ、走りだした伊蔵は同じ塀を回りこんだところでたたらを踏んだ。

路地の真ん中に丑松が立っている。月光があるので互いの顔をはっきり見分けられる間合いしかなかった。

「何だ、お前かよ」丑松が吐きすてる。「このところゴマの蠅みてえについてくる奴がいるとは気づいていたが」

「は、は……」

蠅だぁと怒鳴ろうとしたが、頭に血が昇ってうまく口が回らない。

「おれに何の用だ？」

丑松の声は低かった。顎を突きだし、伊蔵を見下している。

「訊きてえことがある。藤兵衛親分のところへいっしょに来てもらおう」

「利助のことか」

丑松がにやりとした。伊蔵はあとずさりしそうになるのを何とかこらえていた。

「利助の奴ぁ、お尋ね者よ。知ってるか」

「知るか」

「田舎でさんざん打ち壊しをやって江戸へ逃げてきたって野郎だ。火付けの親玉をやっても不思議じゃねえ」

「やってねぇ。奴は火付けなんぞやっちゃいねえよ」

「そう」拍子抜けするほど丑松があっさり認める。「それでも御公儀に申し開きをする分には都合がいい」

「何？」

「血の巡りの悪い奴だな。火付けの頭目に仕立てあげるのにちょうどいいといってるのさ」

「ありゃ、天狗の仕業だろ」

「ほう」丑松が馬鹿にしたように目を剝く。「お前、天狗なんぞ見たことがあるのか」

「あの夜……、ひとだまが出た夜、天狗だといった奴がいた」

ふいにいくつもの光景が伊蔵の胸の内で重なり合った。誠之進に襲いかかった男を短筒で撃ち殺したのも、おれたちは天狗だと叫んだのも丑松だった。

あるいは路地で対峙し、青い光の中で丑松の顔を見ているせいかも知れない。

「お前……」

声が途切れた。

三

戸板に仰向けに寝かされ、目を閉じている伊蔵の顔は真っ白、唇まで蠟細工のように色がなかった。元結いが切れ、髪が顔の左右に広がっていた。髪にも頰にも砂粒が張りついている。

伊蔵のわきにしゃがみ、筵の端を握った与吉がかたわらに立つ誠之進を見上げてくる。うなずき返すと与吉がさらに筵をはぐった。単衣の縞の着流しはびしょびしょに濡れている。

誠之進は目を細めた。

伊蔵の鳩尾辺りに黒っぽい染みが広がっている。与吉が筵をめくっていくにつれ、染みが鳩尾から腹、股間、両膝まで伸びているのがわかった。血の跡であるのは一目瞭然だ。それも一気に吹きだし、倒れる前に流れおちた。だから膝近くまで汚れている。

「後ろからひと突きにされてやす」死骸に目を戻した与吉が低い声でいった。「切っ先が鳩尾から飛びだしたんでやしょう。倒れたときにはもう息がなかったんじゃねえですかね」

「傷は一つか」

「はい」

答えた与吉が元通りに筵をかけた。

顔を上げた誠之進は周囲を見渡した。目黒川の河口に近く、漁師舟が幾艘もつながれた漁師町の砂州で、対岸には大戸屋が見える。

今朝早く、長屋に藤兵衛のところの徳がやって来た。まだ朝靄が漂っていた頃だ。すぐに来てくださいという徳の顔が引き攣っていた。キセル筒を腰の後ろに差し、雪駄をつっかけた誠之進は徳とともに出て、引っ張られて来たのが漁師町だ。人だかりの真ん中に置かれた戸板に骸が寝かされ、筵がかけてある。すぐわきに与吉がしゃがんでいた。

立ちあがった与吉が指先をこすり合わせ、砂を落とす。

誠之進はすぐ先にある鳥海橋に目を向けていた。伊蔵の骸が見つかったところからは少し上流になる。誠之進の様子を見ていたらしい与吉が声をかけてきた。

「昨夜は静かだったようで、漁師町の連中も夜回りも騒ぎは聞いておりやせん」

誠之進は与吉に目を向けた。

与吉が岸につながれている舟を目で指した。

「伊蔵の奴ぁ、舟と舟の間にうっ伏して浮かんでいやした。橋の上で刺されて、突き落とされたんじゃ、舟の間には入りこめません」

「それじゃ、浜で刺されて、舟の間に捨てられたか」

「どうでやしょうねぇ」与吉が首をひねる。「わっしはもっと上流の方で殺られて、舟でここらまで運ばれてきたんじゃないかと見てやすがね。それから川の中へそっと沈められたんでしょう」

「舟か」

「猪牙なら夜中でも行き来しておりやす」

舳先が尖った小さな舟で、猪の牙に形が似ているところから猪牙と呼ばれる。夜中でも行き来しているというのは遊客が利用したり、漁師たちが舟の支度をするのに網やもろもろの道具を運んだりしているためだ。品川宿は夜っぴて賑やかだ。川面に猪牙が浮かんでいたとしても誰も不思議には思わない。また猪牙なら河口から湊へ出ていくことは滅多にない。

近づいてきた与吉が耳打ちするようにいう。

「ちょっと親分のところへ……、よろしゅうござんすか」

「うむ」

二人は連れだって砂州を離れた。


莨を吹かしている藤兵衛の前の長火鉢には十手が置かれていた。取っ手に巻かれた房は汗と手垢で黒ずんでいて朱か紫かはわからない。

「今朝方、江坂の旦那がいらっしゃいましてね」

江坂友之輔は南町奉行所の町方与力で、藤兵衛を手下として雇っている。昨秋、前任者が老齢ゆえに隠退を願い出たあと、藤兵衛にあとを頼んできた。誠之進も江坂を知っていた。

品川宿によく遊びに来ていた。大戸屋でも馴染みの一人だ。無類の酒好きで、飲みだし、語りだすと止まらない。妓相手でも一晩中、語っているといい、ときには朝餉まで語るだけで何もしないらしい。妓の方は聞いているだけでもくたびれるとぼやいていた。

持ち合わせのないことが再三で、精算の段になると借金のかたと称して十手を置いていく。大戸屋から頼まれ、誠之進は十手を持って屋敷を訪ね、内儀から代金をもらったことがあった。

「伊蔵が骸になって見つかったからか」

誠之進の問いに藤兵衛はちらりと笑みを浮かべ、小さく首を振った。

「いつものあれでさぁ。大戸屋さんで朝まで飲んで、いざ、出ようとしたときに今度の騒ぎを聞きつけた。砂州までは遠いといって、わっしのところへ来て、こいつを置いてった次第で」

与力はたいてい二人の手下を雇っている。岡っ引きとも呼ばれるが、十手など持たされてはいない。必要に応じて与力が自分の十手を貸すのだが、ろくに手入れをされておらず、ところどころ錆びた十手と垢じみた房を見れば、江坂が勤めに熱心でないことは察せられる。

長火鉢の縁にキセルを打ちつけ、灰を落とした藤兵衛がつづける。

「この間、高札が立ったでしょう」

浦高札に出ていた新しい達しのことだ。

「ああ、私も見たよ」

となりでかしこまっている与吉と、戸板に寝かされていた伊蔵といっしょに見たことを思いだした。

「それでこいつを預けるゆえ、重々気をつけるようにってことで。玄関先でそういって置いていったんですが、うちを出るなり大あくびでござんして」

苦笑した藤兵衛が目を上げ、まっすぐに誠之進を見た。笑みが消えている。

「ところで、伊蔵のことで与吉から誠さんのお耳に入れておきたいと申しまして」

人前をはばかるような話なのだろう。それで与吉はわざわざ誠之進を藤兵衛宅まで連れてきたに違いない。

誠之進は与吉に顔を向けた。与吉が圧し殺した声で話しはじめる。

「伊蔵は丑松を追ってたんでさ。あいつは、利助が火付けのような真似をするはずがねえといって」

「浦高札の前でもそんなことをいっていたな」

「へえ」与吉が鼻をつまんでひっぱったあとにつづける。「でも、もう済んだ話でやすからね。利助は首を斬られて、さらされてもいる。今さらがたがたしたところで帰ってくるわけでもねえし、よけいなことをするなといってあったんです」

顔を伏せた与吉がぼそぼそといった。

「誠さんにもかかってきたような奴でしょ。わっしらが追いかけるにゃ剣呑に過ぎる。それもあってやめろときつくいっておきやした」

「お前の気がかりが当たっちまったたってわけだ」

「へえ」

「丑松というのは、利助が最初にひとだまを見た夜に賭場へ誘った男だったな。たしか利助と同じ長屋に住んでいたとか」

「そうです。仕事もしねえで賭場を歩きまわってるような野郎でして。よっぽど博奕に強いと見えて、金回りは悪くねえんでさ。といってもボロ長屋でとぐろ巻いてるよりほかない野郎だから、金といっても知れてはいますが」

「丑松というのは、どんな奴だ？　背恰好とかは？」

「丈はありやすね。六尺もありますかね。肉付きはよくなくて、ひょろっとしてます」

「頬骨が突きでているか」

与吉が弾かれたように顔を上げ、誠之進をまじまじと見た。

「会ったことがおありで？」

「いや」

　誠之進は首を振った。

「おっしゃる通りでさ。頬骨が突ん出て、目が細くて……、これがまた何ともいやな目つきをしてやして」

「今も同じ長屋におるのか」

「そのはずです。伊蔵ならすぐにわかるんでしょうが、わっしはしばらく丑松の面ぁ見ておりません」

「居所を確かめてくれぬか。確かめるだけでいい。丑松には私が直接会って話を聞こう。ひとだまのことも、今度の伊蔵の一件も何か知っているかも知れん。だが、居所を確かめるだけにしろ。伊蔵のこともあるからな。用心に越したことはない」

　床に目をやり、何か思案する様子だったが、与吉はうなずいた。


　伊蔵が骸となって見つかってから三日が経ち、四日目の夜も更けていこうとしていた。誠之進は大戸屋の三階、海に面した小部屋で窓辺に座り、沖にちらつく漁り火（いさりび）を眺めていた。

　与吉以下、藤兵衛の手下たちが動きまわっているものの、誰が伊蔵を殺したのかほんのわずかな手がかりさえつかめていない。また、伊蔵が刺殺されて以来、丑松もふっつり姿を消し、居所が知れなかった。

　夕刻、長屋に大戸屋の使いが来て、汀が戌の刻過ぎに来て欲しいといっていると伝えに来た。承知し、長屋を出てきたのである。汀は三階に四畳半を与えられている。板頭に与えられた特権ではあった。化粧道具や文机のほか、部屋の隅に置かれた衝立の向こうには布団が畳んで積んであった。

　大戸屋の裏口に来ると小女が裏階段を使って、部屋まで案内してくれ、まだ客についているのでしばらく待って欲しいといわれた。

「お待たせ」

　廊下に面した戸は開け放してある。両手で膳部を捧げもった汀が入ってきた。一風呂浴びたようで濡れた髪をさっと結い、化粧もしていなかった。こざっぱりとした紬を着ている。

　汀は、二十二、三になる。品川宿の妓ではあったが、少しばかり近寄りがたい凛とした風情があった。それでいて化粧もせず、地味な形をしていながら女性の色香が隠しようもなく匂い立ってくる。

　膳部を誠之進の前に置き、両手をつく。

「呼び立てておきながら、本当にごめんなさい」

「いやいや、ここに座って湊を眺めてるだけでも退屈しないよ」

「湊なんて見飽きてるでしょうに」汀はそういって徳利を取りあげ、差しだしてきた。

「さ、お一つ」

たった一つの盃を取り、酒を受ける。

しばらくの間、二人は一つの盃をやりとりしながら飲んだ。あては麦味噌に細かく刻んだニンジン、ショウガを混ぜ、ミリンで甘みをつけた嘗め味噌、ハマグリの佃煮である。夜更けなので、こんなものしかなくてというが、誠之進には充分だ。

「この間、藤兵衛親分に聞いたんだが、日本橋のご隠居が亡くなったそうだな」

「去年の暮れでしたね。白鴉の絵がたいそう気に入って、御棺に入れてくれと遺言された」

「それだ」誠之進はしぶい顔をした。「その話を聞いて背中に汗をかいた。それほどたいそうなものじゃない」

「いいじゃないですか。ご隠居様が気に入られたんだから。でも、結局、棺桶には入れられなかったんです」

「それを聞いて、少しほっとした」

「お軸にされましてね。家宝にせよと残されたそうにございます」

飲んだばかりの酒が胃袋の底で重くなったような気がした。汀がくすくす笑ったあと、言葉を継いだ。

「ご隠居様が誰の作だと訊かれたので河鍋狂斎でございますと答えました」

「おい」

思わず声を張ったが、汀はにやにやしている。

「ご安心なさい。ご隠居は笑われて、狂斎師の絵は何枚か持っているが、線がまるで違うとおっしゃられて」

「当たり前だ」

憮然と答えながらも差しだされた酒は受けた。

「それでもあの絵を気に入られたのは確かなこと。正直に狂斎師のお弟子さんだと申しあげるとご隠居様も得心されたようでございました」

弟子というのもはばかられる——肚の底でつぶやきつつ酒を飲んだ。

汀が手にした徳利を見つめ、すっと目を細める。

「白い鴉はあたしに似ているといわれました。それと絵を描いた御仁は剣を使うだろう、ひょっとしたら人を斬ったことがあるかも知れないとも」

誠之進は何とも答えず盃を空け、汀に渡して徳利を持ちあげた。

盃を両手で持ち、酒を受けながら汀がつづける。

「一度会ってみたいともいわれてました。腹中に鬼を飼い慣らされている御仁はまことに希有だといわれて」

　盃を満たし、徳利を置く。

　腹中の鬼といわれて誠之進はほろ苦く思った。

　決して飼い慣らしてなどいない。ときに冷たく黒い憤怒が湧きあがるのだが、自分ではどうすることもできずにいた。人を斬ったこともある。何者であれ、どのような理由があれ、殺めれば、おのれの深いところが荒む。

　互いに黙りこみ、ひとしきり飲んだあと、誠之進は切りだした。

「おれを呼んだのは日本橋のご隠居の話をするためではあるまい」

「はい。一昨日の夜のこと、あたしは七木屋の席に呼ばれました。元々越中から出てきた材木商ですが、今は江戸表に店を持たれてまして……。その夜は御公儀のお偉い方を接待なさるのだとあらかじめ含みを入れられました」

「お偉い方？」

「ええ、安房守様とか。七木屋がそうとしか呼びませんでしたので、お名前の方はわかりませんが、ご本人は……」

「泡を食いのカミだ」

　こめかみに血管がのたくった、癇癖の強そうな小男――安房守がぶすっといった。

酒がそれほど好きではなさそうだ。嘗めるだけで眉根をぎゅっと寄せているし、盃に二つほどしか飲んでいないにもかかわらず顔を真っ赤にして、荒い息を吐いている。

汀は徳利を差しだしたが、安房守は首を振った。

「これの……」安房守が右手の親指を突きあげる。「命があればこそ亜米利加くんだりまで出かけたんだが、帰ってきてみれば、肝心の親玉は首と胴がところを異にすって有様だ。世情は攘夷攘夷と大騒ぎ。あっちでおいらの世話をしてくれたお付きの若い男がジョーイってんだ。シャレにならん」

安房守の前で膝を崩そうともせず聞き入っていた七木屋の主人が生真面目な顔つきで訊きかえす。

「あちらにも攘夷がございますか」

「名前だよ。あっちじゃ、人の名前にジョーイってのがある。ところが、江戸へ戻ってみりゃ、あちらこちらで攘夷だっていいやがる。おいらは南蛮かぶれだといわれててね。それでもって天誅だとさ」

「まことにございますか」

「南蛮かぶれなんかじゃない。ペルリがやって来た頃のことだ。奴らは、この品川沖に黒船をずらりと並べて一斉射撃をしてみせやがった。そこから御城まで弾を飛ばして、命中させられるっていうんだな。それでこっちは品川に砲台を並べたろ。このすぐ先にも台場があるじゃねえか」

　漁師町がある砂州の先端に水戸藩の台場が設けられているのは汀も知っていた。

「たいそうな大砲を並べちゃいるが、張り子の何とやらだよ。こっちの弾は目と鼻の先にいるあいつらの船の手前でぼっちゃんぼっちゃん落ちやがる。ところがあいつらの弾は届く。届くだけじゃねえ、狙ったところにぴたりと命中するんだ。薩長の連中が英吉利や仏蘭西の船と撃ち合っただろう。どっちが勝った？　勝つも負けるもまるで手が届かないんじゃ、喧嘩にゃならねえ。その前に清国だ。いいか、清国は英吉利に負けたんじゃねえ。たった五、六杯の黒船にさんざん叩きのめされて国がなくなったんだ。だからおいらは、まずは船だって建白したのよ。それが通って亜米利加へ行った。しかしな……」

　安房守が身を乗りだし、声を低くする。自然と七木屋も前のめりになった。

「ペルリってのもはったり野郎だぜ。品川から亜米利加までは三千里の海が広がってる。間違いねえよ。おいらは行って、帰ってきたんだからわかってる。ペルリの野郎、七年前に来たときにも大海を渡ってきたなんてぬかしやがったが、そこがはったりよ。あいつは反対側を陸伝い（おかづた）に来たんだよ。印度（いんど）から清国の香港、琉球（りゅうきゅう）を経て、下田（しもだ）さ。三千里の大海を渡れるようになったのはついこの頃のこった。それに黒船ってのもはったりの塊でね。蒸気船だっていうが、一刻（いっとき）も釜を焚（た）きゃ、積みこんでる薪（たきぎ）なんぞは全部灰だ。

湊を出入りする間、ほんのちょっと釜焚きするだけでね。沖へ出りゃ風まかせ。おいらたちの船と変わりゃしねえっての。幽霊の正体見たり枯れ尾花ってえが黒船だって似たり寄ったりだぁな」

七木屋が目をすぼめ、安房守をのぞきこむ。

「幽霊といえば、この品川界隈(かいわい)でひとだま騒ぎがありましたが、お聞きおよびにございましょうか」

はっとしたものの汀は表情を変えなかった。南町奉行所の手先になった藤兵衛、それに誠之進がひとだま騒動を調べていることは知っていた。だが、旅籠の遊女ふぜいが口を出すべき話題ではない。何も知らない顔をしているにしくはなかった。

「いや……」

ようやく空になった安房守の盃に汀は酒を注いだ。今度は安房守も大人しく受けたものの口をつけようとはしなかった。

「その前に、ちょっと古い話ではございますが、よろしゅうございますか」

「ああ」

「文化の頃と申しますからかれこれ五十年ほど前、仏蘭西のナポレオンという将軍が露西亜に攻め入りました。露西亜の軍勢はさんざんに打ちのめされたのでございますが、乾坤一擲(けんこんいってき)、大勝負に出たのでございます」

「ほう」

「ナポレオンの軍勢が都に攻め入った直後、後ろの門を閉ざして、それから都じゅうに火を放って丸焼きにしたそうでございます」

「都ごとかい」安房守が顔をしかめ、顎のわきを掻いた。「無茶ぁやりやがる」

「たしかに無茶にございますが、それでナポレオンの軍勢は総崩れになって退却したとか」

「それがどうしたっていうんだ」

「攘夷でございますよ。もし、彼奴(きやつ)らが市中に雪崩(なだ)れこむようなことがあれば、誘いこんで丸焼きにする手もございます」

「大火を起こせっていうのか」安房守が首を振る。「火事と喧嘩は何とやらというが、そいつはいけねえ。それにそんなに都合良く火が点くもんか。火の手が上がれば、敵も味方もない、皆そろって逃げだす」

「いきなり町中が燃えだせば、逃げる暇はございません」

「そう都合良く火が点くかよ」

「ひとだま使いがいれば……」


翌朝、汀の給仕で朝餉をしたためた誠之進は大戸屋を出た。

亜米利加帰りの安房守といえば、軍艦奉行となった勝という男に違いない。名前だけは聞いたことがあった。

都を丸焼けにして敵方の軍勢を総崩れさせた話、そしてひとだま使いという言葉……。

誠之進は口入れ稼業橘屋に立ち寄ると本所の先にある磐城平藩下屋敷の父の隠居所へ手紙を頼んだ。至急会いたい、できれば、藤代もいっしょに、と記しておいた。

午過ぎ、中間の治平が父からの返書を持って長屋にやって来た。

返書には今宵、料理茶屋金扇で会おうとあった。藤代については触れられていない。

誠之進は治平に承知したと答えた。

四

「乱世だな」

一通り誠之進の話を聞きおえた父がぼそりといい、盃を取りあげて飲みほした。誠之進は徳利を取り、差しかけた。

受けながら父が言葉を継いだ。

「安房守などと称しおるが、自称だ。将軍家から賜ったものじゃない。父御は男谷の一族だ」

父が誠之進に目を向ける。

「お前も男谷精一郎の名は聞いておろう」

「はい」

幕府の武術鍛錬を一手に受けもつ講武所の頭取にして、自身、直心影流の達人であることは誠之進も知っていた。

「男谷家といっても元をたどれば、越後の検校だ。行き倒れになったところを助けられ、ついでに元手を借りて地主に転じたが、これで成功した。そこから金貸しに転じて、嫡男を江戸へ出して御家人株を買い与えた。嫡男も機を見るに敏の才を親父から嗣いでいたと見える。出世して、旗本になった。その旗本の三男が安房守の父御だ。旗本勝家の養子に入ったが、小普請組でね」

小普請組には、とくにこれといって任務があるわけではない。三日に一度くらい登城し、午過ぎには下城する。その間、控えの間でぼうっとしているだけだ。

武家は軍事組織である。平時なら無用の長物、所詮暇なのだ。しかし、禄を食む以上、何もしないわけにはいかないので、交代で出勤させ、有事に備える。将軍に仕える旗本、御家人、諸藩の藩士でも事情は変わらなかった。

父がつづける。

「親心なのだろう。剣もできる御仁だったようだが、太平の世だ。忸怩たるものを抱えていたに違いあるまい。だから倅は学問で立たせようとした。これからの時代は蘭学だといってね。機を見るに敏という天分は受けついでいたようだが、旗本に見切りをつけていたのかも知れない。蘭学が功を奏して安房守は出世しはじめる。お前の話を聞いているとペルリのはったりを云々していたようだが、そのペルリのおかげで安房守などとでかい面をしていられるようにもなった」

父が誠之進を見て、にやりとする。

「しかし、学問一辺倒の文弱だと見損なっていると怪我するぞ。男谷家の一統であるだけでなく、島田虎之助道場で相当に鍛えられているからな。一番弟子だと吹聴しているようだが、本当のところはわからん」

島田虎之助は男谷精一郎の弟子であり、これまた市中で名の知られた剣客であった。

「機を見るに敏という血をもっとも色濃く受けついでいるのが安房守かも知れない」

そこまでいい、父が盃を空け、誠之進がふたたび注いだ。

「運もよかったんだろうがね。蘭学を役立てて、幕府に建白を連発した。とくに船の話だな。それが外国奉行に認められ、長崎に海軍伝習所ができて……」

「海軍でございますか」

初めて耳にする言葉に誠之進は思わず訊きかえしてしまった。

「水軍のもっと大きなものだそうだ。以来、長崎にいたので井伊掃部頭の目から逃れられた。安房守の後ろ盾になった大御所たちはことごとく幕閣から追いだされている。それにもう一つ」

父がぐっと身を乗りだす。

「その掃部頭が亜米利加と通商条約を結び、返書をあっちへ届けることになった。元々は大老に抗する一派の策略だったんだがね。何しろ難事業だ。うまく行くかどうかもわからなかったが、安房守は乗った。いや、船に乗せられた、か。品川を出たのは今年の正月だったが、戻ったのは五月だ」

「それでは……」

「そういうことだ」

勝が亜米利加に向かったときは安政七年、三月に桜田門外で井伊大老が暗殺され、年号が万延に変わった。

それで泡を食いのカミというわけか――誠之進は胸の内でつぶやいた。

父がつづける。

「運がよかったというのはそこだ。長崎にいたおかげで生き残れただけでなく、幕閣上層にいたお歴々がどんどん抜けて、安房守にお鉢が回ってきたという寸法だ」

目を伏せた父が渋い表情になる。

「とにかく小うるさい男ではあるらしい。江戸へ戻ってからもやれ亜米利加では、やれ黒船がどうのと口を閉じることがない。殿はそこを嫌われて、蕃書調所に押しこめてしまったんだ」

殿——安藤対馬守は老中筆頭として井伊掃部頭亡き後、幕閣の切り盛りにあたっている。

金扇は歩行新宿にある茶屋だ。今朝、橘屋藤兵衛に手紙を託し、午過ぎに治平が来た。金扇に来るという父の返事を持ってきたのだ。そこには藤代について触れられていなかったが、今、こぢんまりとした座敷には誠之進、父、そして藤代がそれぞれ膳部を前に座っていた。

藤代はちびちび飲みながら黙って父と誠之進の話を聞いている。今朝の今夜ながら藤代も顔を見せたということは、ひとだま騒動が幕閣でも存外重く受けとめられているのかも知れない。

父が藤代に顔を向けた。

「七木屋について何か聞いておられるか」

「いえ」藤代は首を振り、それから誠之進を見た。「元々が越中の出とか」

「そのように聞きました」

「越中の山廻り役にも知り合いがおりまして……」

諸藩を見張るのが役目の横目付手代であれば、越中富山藩の役人にも知己はあるだろう。山廻り役という役職名を耳にしたのは初めてだが、職務の内容は察せられる。

藤代がいうには、富山藩の親藩加賀藩にもともと七木の制というのがあって、むやみに山の木を切ってはげ山にしては水害を引きおこす危険性があるため、藩が松、杉、けやき、桐(きり)、樫(かし)、檜(ひのき)、栗(くり)の七種の木を切ることを禁じたという。富山藩も親藩の制度を守っているようだ。

「ほう。七木で材木のほとんどだ」

父がいい、藤代がうなずく。

「相当手広くやっているようですな。江戸表で商いをしているのですから加賀の制には触れず、堂々と七木を屋号としているのでございましょう。実は横浜あたりで異人たちが商館を建てはじめておりまして」

藤代の言葉にはっとした。

『何でも法禅寺の裏に南蛮人の屋敷が造られるって話じゃねえか』

研ぎ師秀峰の声が脳裏を過(よぎ)っていく。

藤代がつづける。

「あやつらの家はすべて石造りだそうで。そうなると材木商いには少々都合が悪くなります」

「なるほど」父が目を細め、藤代を見やった。「大儲(おおもう)けするには、市中に火でも放って丸焼けにするくらいしかないわけか」

　丸焼けとは、七木屋が安房守に入れ知恵をした露西亜の逸話を指しているのだろう。誠之進は思わず口を挟んだ。

「安房守は御公儀の禄を食む身、まして江戸の生まれと聞いております」

「本所だったな」父がさらりと答える。「醜女(しこめ)の深情けって言い回しもあるぞ。惚(ほ)れる……、惚れぬくというのは案外厄介なもんだ。他人の手に渡るくらいならいっそ殺してしまえとね。安房が江戸っ子ならば、よけいに危ういね」

　藤代があとを引き取った。

「とりあえず七木屋を調べてみましょう。市中のことゆえ、奉行所にでも訊いてみることになりましょうが」

　うなずいた父がふたたび誠之進に顔を向けた。

「それでお前はどうするつもりだ」

「私は……」

　言葉を切ったが、思案したのはわずかの間でしかなかった。

「裏に何者がいようと、まずは利助に何があったのかを調べてみます。手がかりになりそうな男もありますれば」

「どんな男だ？」

父に問われ、誠之進は丑松について話しはじめた。利助がひとだまに出くわすきっかけになったのが丑松に小博奕に誘われたことから始め、長屋で鋳掛け仕事をしているときに声をかけたとき、後ろ姿ながら背が高く、頬骨の突きでた男がそばにいたこと、そして丑松の背恰好や顔がその男に似ていること……。

父も藤代もじっと聞き入った。

深川木場にある富岡八幡宮に参拝し、誠之進は与吉とともに参道を歩いていた。両側には出店が並び、人が行き交っている。

与吉が左右に目をやりながらいった。

「橘屋の若い衆と交代で七木屋を見張ってるんでやすが、よその町だし、この辺りにいるのは材木商売やってる連中ばかりで皆昔っからの馴染みでしてね。あっしらみたいな者は人目に立ってしまうがありやせん」

「それで今日にしたのか」

「毎月、月初めに例祭がありやしてね。これだけ人出がありゃ、旦那に来ていただいても目につくこともないと考えやしてね」

月が変わり、吹く風が冷ややかになっていた。ひとだま騒動のあった蒸し暑い夜が遠くに去って行ったような心地がする。

参道を出たところで与吉がさりげなく右を指し、すぐに手を下ろした。

「路地の角にあるのが七木屋でござんす」

目をやった。斜めにせり出ている紺ののれんに七木屋と大きく染め抜かれている。店に入っていく二人連れの男が見えた。

「こちらへ」

与吉が七木屋とは反対側に向かって歩きだした。

木場というだけに水路という水路は一抱えもありそうな丸太がびっしり浮かんでいて、所々に印半纏（しるしばんてん）を羽織った男たちが立っている。水に浮かんだ丸太の上で足を前後に動かし、丸太をくるくる回していた。

「見事なものだな」

感心してつぶやくと、与吉が誠之進に目を向けた。

「木場は初めてでございますか」

「ああ」

「あっしもついこの間、初めて見たんですが、あいつらが丸太に乗ってるのを眺めていると飽きません」

与吉がふっとため息を吐き、低い声でいった。

「あまりお役に立てなくて面目次第もございやせん。いろいろ聞きまわっちゃいるんでやすがね」

木場の歴史は権現様こと徳川家康入府の頃から始まり、材木商の矜持になっているという。江戸城、城下、下町と広がり、お江戸八百八町を作りあげたのは自分たちだと鼻の穴をふくらませるらしい。城や大名、旗本たちの屋敷、長屋といった家屋はもちろんのこと、水利や橋を造るにも材木は欠かせない。

「ここらの連中が大儲けしたのは五年ほど前で」

与吉がちらりと誠之進をうかがう。

「大地震か」

五年前、安政二年に江戸は大地震に襲われ、家屋がことごとく倒壊したのみならず火事が起こり、炎は街並みをなめつくした。再興には大量の材木が必要だっただけでなく、どこからも注文が殺到し、品薄になったため、材木商たちは高値で売りまくった。

「しかも、何かといえば、権現様入府のみぎりを持ちだす連中ががっちり組を作ってやして、よそ者は入れない。ついに奉行所が乗りだす騒動となって……」

奉行所が乗りだしてきたのは、新参者が入札に参加しようとしても木場の組がかたくなに拒み、儲けを独占しようとしたためのようだ。そのおかげで組は解散、新参者が増えたのだが、七木屋もそうしたうちの一軒という。

しかし、大地震による好景気はそれほど長くつづかず、二年もたたないうちに材木の注文が激減した。材木商たちは大商いを見こんで仕入れたものの大量の在庫を抱えることになったのである。水路を埋めつくす丸太は、誠之進の目には壮観とさえ映るが、材木商たちにとっては頭痛のタネでもあった。

「七木屋にどこか怪しげなところはないのか」

「今のところは。だが、懐が苦しいのはどこも同じで、怪しげな商いをしてるところは多いようです。自分たちが喰っていくためなら、それこそ……」

与吉があとの言葉を嚥んだ。

おそらくは火付けも辞さないとでもつづけるつもりだったのだろう。

「ところで丑松を見かけたかい」

誠之進の問いに与吉が眉を曇らせ、首を振った。

「いえ。これまた役立たずで……」

詫びかけた与吉をさえぎって誠之進はいった。

「無理は禁物だ。利助や伊蔵のこともあるしな」

「へえ」

うなずいた与吉の顔つきは痛々しいほどに厳しかった。利助が火付けの親玉だとみなされ、黒焦げの死体になりながら斬首されたものの、伊蔵は利助をかばった。取りあわなかったことを悔いているのかも知れない。

無理をするなともう一度念押しして、誠之進は与吉と別れ、歩きだした。七木屋から
どんどん遠ざかっているが、行ってみたところで中をのぞくのも難しいだろう。
人通りも少なくなってきた辺りで背後から声をかけられた。
「ふり向かず、そのまま」
まるで気配を感じさせなかったが、首筋に息を感じるほどに近い。
そのため、誰が声をかけてきたのかがわかった。

「藤代殿がかような場所をご存じとは意外でした」
誠之進は小部屋をぐるり見まわしていい、対面している藤代に目を向けた。
横目付の手代という役職柄、さまざまに姿形を変える藤代だが、今日の姿にはいささ
か意表を突かれた。黒羽織に短袴、大小刀をかんぬきに差し、帯には十手まで差してい
る。藤兵衛に預けられた南町奉行所与力江坂のそれとは違い、房は鮮やかな朱色。どこ
から見ても町方同心だ。
「お役目ゆえ内密に話をすることもあれば……」藤代がにやりとする。「こうした店に
は結構諸藩の勤番たちも出入りしております」
背後についた藤代に従って入ったのは、八幡宮の参道からそれほど離れていないとこ
ろにある甘味茶屋だった。馴染みでもあるのか、さっさと裏口から入る藤代につづいた。

先に立つ藤代に気がついた店の者が何もいわず奥の個室へと案内した。

二人の前には茶と団子の皿が置かれている。

藤代が言葉を継いだ。

「それに甘味もなかなかにいけます。春先ならば桜餅が名物で」

どうぞといわれ、誠之進はみたらし団子を三つ刺した串を取りあげ、一つを口に入れた。もっちりした食感に甘辛いたれがまとわり、甘味とはいえ、それほどしつこい甘みはない。

「さきほどごいっしょだったのは?」

「品川宿の口入れ稼業橘屋に出入りしている者で与吉といいます。橘屋の主、藤兵衛は昨秋以来南町奉行所与力の手先をしておりまして」

「なるほど。しかし、ここらじゃ目につきますすな」

「本人もわかってはおるようです。どうしてもよそ者は目立ってしようがない」

誠之進は与吉から聞いたばかりの話をした。何度かうなずきながら聞いていた藤代だったが、誠之進の話が終わるのを待って切りだした。

「甘味はなかなかにやめられないもののようですな。大地震の儲けが見させた甘い夢を忘れられない材木商どもは多い。とくに七木屋のように新参となれば、なおさらでしょう。しかも売る当てのない材木を大量に抱えている」

「かなり懐具合が苦しいのですか」

「明日にも首をくくらなくてはならないほどではありませんが、苦しいことには変わりません。それこそひとだまの助けを借りたいほどに」

誠之進はまじまじと藤代を見つめた。

「背が高く、痩せて、頬骨の突きでた男とおっしゃってましたな」

「目が細く、目つきが悪いそうです」

「誠之進殿を襲った者が短筒で撃たれた折、撃った者の顔は見ておりますな」

「はい。そやつが丑松かは判然としませんが」

「もう一度、顔を見れば、はっきりとわかりますか」

「間違いなく見分けられます」

ひとつうなずいた藤代が声を低くした。

「七木屋の番頭に九郎右衛門（くろうえもん）という者がおります。おそらく大戸屋で安房守に会い、主人と申していたのはその者でございましょう。誠之進殿が遊女から聞いた話と人相が合います。七木屋の主はかれこれ八十になろうという老爺（ろうや）で、昨今は歩くこともおぼつかないといいますから」

誠之進は身を乗りだした。

「九郎右衛門は品川宿によく出入りしています。私の手の者があとを尾けて、御殿山の北にある町家に入っていくのを見ております。そこから……」

痩せて、頬骨の突きでた男が出てくるのを見たと藤代がいう。

御殿山の北といえば、利助が黒焦げになって見つかった百姓家にも近いはずだ。

「少々厄介なことにそこからは目と鼻の先に」

言葉を切った藤代が宙に十文字を描き、くるっと丸で囲んだ。

丸に十文字は、薩摩島津家の家紋である。

五

深夜になって路地に面した黒塀の格子戸を開け、背が高く、痩せた男が出てきた。手にした提灯が男の姿をぼんやりと照らしていた。

誠之進は男が出てきた家の左斜め向かいにある常磐津(ときわず)師匠宅の前で暗がりにひそみ、男の様子を見ている。

男は右に顔を向け、路地の奥を見た。真っ暗闇が広がるばかりで何も見えるはずがない。一方、誠之進は男を後ろから見ることができた。突きでた頬骨が提灯の淡い光を受けて浮かびあがっている。

長屋の井戸端で利助と話をしたあと、見かけた男に似ている。

男が左――誠之進のひそんでいる方を窺う。正面から顔を見た。細く、吊りあがった目をしていた。狂斎、鮫次とともにひとだま見物に出かけた夜、誠之進を襲った相手を短筒で撃ち殺した男に違いなかった。

御殿山裾の町家に七木屋番頭九郎右衛門が出入りしていると教えてくれたのは藤代だ。その町家を与吉が橋屋藤兵衛の手下たちとともに見張っていた。木場界隈とは違って御殿山なら藤兵衛、そして与吉の縄張りのうちになる。

今日の午下がり、七木屋から御殿山の町家に使いが来たと知らせてきたのは橋屋の若い衆だ。

誠之進は若い衆とともに常磐津師匠宅にやって来た。元は柳橋の芸者で品川にある船問屋の主に落籍されたという。九郎右衛門が出入りしているという町家を見張るのに都合がいい一軒家に住んでいる。足場として使えるようわたりをつけたのは与吉だ。縄張りだけに顔が利く。

丑松らしき男がいるのか、いるにしてもいつ姿を見せるかは与吉にしても見当はつかず、ただ見張っているしかない。一計を案じた誠之進は藤代に手紙を送った。今日の午、藤代が七木屋を訪ね、九郎右衛門に会って欲しい、と。町方与力の恰好で、ひとだま騒動の一件に丑松らしき男やその仲間がからみ、火付けの疑いがあるなどと匂わせてもらった。

七木屋から使いが走ったのは、ほどなくのことである。

提灯を手にした男――丑松が右、路地の奥へと歩きだす。足下で提灯が揺れているので尾けるのは造作もない。

丑松が右に曲がり、路地に入った。

小走りに近づき、路地の角からのぞきこんだ誠之進は路地を塞ぐように仁王立ちになった丑松を見た。左手に持った提灯を前に突きだし、まっすぐに誠之進を見ている。

「やっぱりあんただったか」

誠之進は塀の陰から出て、丑松に正対した。腰の後ろにキセル筒は差していたが、大小刀は持っていない。

丑松が小さく舌打ちし、首を振る。

「利助の野郎が喋ってるのを見て、やっかいなことになりやがったと思っていた。それで一度突っかけたんだが、しくじっちまった」

誠之進は何もいわず一歩踏みだした。

「おっと」丑松が懐から右手をのぞかせる。「それ以上近づくな」

右手に握られているのは黒光りする短筒だ。短筒といっても火縄を使うような代物ではない。円筒形の弾巣がついていて、五発か、六発をたてつづけに撃てる。

「当たるかね」誠之進は落ちついた声で訊いた。「私を撃とうとして、仲間を撃ち殺したくらいだ」

「そりゃ違う。野郎はいきなり突いていったが、あんたにさらりと躱された。とてもじゃないが、敵う相手じゃやねえ。野郎が生け捕りにされたんじゃうまくねえ。それでしょうがなく撃ち殺した。可哀想にまだ十九だぜ」

自分で殺しておいて可哀想もないものだ。

丑松が短筒を小さく振る。

「正直にいえば、あんたは強えと思った。目にも止まらぬってのは、ああいうのをいうんだろうな。あっという間に野郎は押しこまれちまった。たしかに強え。認める。だから……」

短筒を向けた丑松が顎をしゃくる。

「腰の後ろに差してる物騒な得物は捨ててもらおう。この距離だ。外しゃしねえぜ」

わずかの間、睨みあっていたが、誠之進は左手を腰の後ろに回し、キセル筒を抜いていった。

「得物なんかじゃない。キセル筒だ」

ただし、蓋は抜けないがねというのは嚥みこんだ。丑松が細い目を剝く。

「そんなもので野郎の突きをいなしたのか。まあ、いい。とにかくそいつを捨ててもらおう」

誠之進はキセル筒をすぐ前に放り捨てる。鈍い音がした。提灯を差し向けた丑松が片方の眉を上げる。

「何だよ、キセル筒だってのに莨入れがねえな」

「私は莨を服まん」

「なるほど、それで喧嘩ギセルならぬ喧嘩キセル筒ってわけか」

丑松が細い目を上げ、誠之進を睨む。凶悪そうな光が横溢した。

「あんた、何者なんだ？　利助の一件……、ひとだまの一件に首を突っこんで来やがって。おまけにこんなものまで持ち歩いて。御公儀の隠密か何かか」

磐城平藩主安藤対馬守は老中の職にある。兄が江戸詰めの側用人を務め、隠居した父の命で動いているのだとすれば、なるほど誠之進も公儀隠密といえなくもない。もっとも隠密が自ら隠密でございと披露するはずがなかった。

「見ての通りだ。絵師といいたいところだが、とっても食っていけないんでね、品川宿で用心棒の真似事をしてる」

「そんな奴が何だって首を突っこんでくる？」

「利助はうちの長屋でも仕事をしてたんだ。それで何度か見かけている。小心者だが、火付けなどできるようには思えなかった」

背後から突き殺された伊蔵の言でもあった。黒焦げになった利助が首を斬られたことに同情していたのは誠之進より伊蔵の方だった。

「気になることがあると眠れなくなる気質でね。本当のところ、何が起こったのかを知りたいと思っただけだ。ただのお節介だよ」

「お節介が命取りになることもある」

「どうして利助を巻きこんだ？」

わずかの間、丑松が黙りこんだ。

「行きがかり、かな。小博奕に誘ったら大負けして一文無しになりやがった。それでまっすぐ帰ったんだが、よけいなもんを見ちまった。それで大騒ぎしやがってよ」

「わざと見せたんじゃないのか」

「試しに火を点けるって話は聞いていたが、まさかあの夜にやるとは知らなかった」

「知らなかった？　ひとだまの頭目はお前じゃないのか」

「一枚嚙んじゃいるが、仕掛けてるのはもっと腹黒くて、恐ろしい連中さ」

「七木屋か」

「金は出させた。商人ってのは儲け話となれば、何にでも食いついてくる。だから余ってる材木を一気に売りさばくいい手があるぜっていってやったんだ。そこまでは良かったが、利助が騒ぎだしてすべてがおじゃんになるところだった。だけど、あいつは相州で打ち壊しをして歩いたお尋ね者だし、だらしない酔っ払いだ。ちょっと酒を買ってやれば、何でもいうことを聞く。それでいっそ利助をひとだまの頭目に仕立てあげちまえと思いついたわけさ」

丑松が胸を反らし、鼻の穴を膨らませる。

小賢（こざか）しい思いつきを自慢してやがる――誠之進は胸の内にどろりとした怒りが湧きあがってくるのを感じた。

怒りは盛りあがり、やがて黒い影となって立ちあがる。

『腹中に鬼を飼い慣らされている御仁はまことに希有……』

過ったのは汀の声だが、そういったのは今は亡き日本橋大店の隠居だ。

圧しだすようにいった。

「それじゃ、すべてを企（たくら）んだのは……」

訊きかけたとき、たてつづけにしゅっと音がして、誠之進は右の目を閉じ、片膝をついた。

次の瞬間、周囲が真っ白に照らしだされる。

丑松が何度もまばたきをする。黒目が白く輝いていた。

キセル筒を捨てろといわれ、左手で腰の後ろから抜いて捨てた。丑松の目がキセル筒を追っている隙に右手を袂に入れ、外しておいた革の莨入れから指弾を数粒取り、握りこんだ。丑松がふたたび誠之進に目を向けたときには右手は元のようにだらりと下げていた。

指弾というのは、椎の実をひとまわり小さくしたような鉛の球で中指と薬指の間に挟み、手首だけで投げる。十間先でも狙ったところに当てられた。

まだ三つか、四つの頃のこと、誠之進は庭の柿の木を登っていた。治平が駆けよってきて、危ないから降りろという。誠之進はかたくなに拒んだ。木のてっぺん付近になっている実がみごとな朱色でうまそうに見えた。

どうしても食いたいと頑張った。

柿の実を落としたら食うかと訊かれたので食うと答えた。武士に二言はござらぬなと念押しした治平が足下に転がっていた小さな石を拾い、一投した。石は実がなっていた小枝に命中し、柿の実は落ちた。

その技に魅了されたのである。とりあえず柿を食えといわれた。ひどい渋柿だったが、すべて食べきったあと、治平の技を教えてくれとせがんだ。山奥の木こりが身につけている余芸で武士の技ではないとしぶったが、誠之進はしつこかった。

根負けした治平から技を習い、習熟したあと、指弾を渡された。

忍びみたいだというと、太平の世にそんな者はおりませぬといやな顔をされたのを憶えている。治平が生い立ちを語ることはない。だが、指弾のみならずいくつかの余芸を身につけている。治平が忍びだと誠之進は確信していた。

　十間先の人にあてるのは難しくない。まして今、丑松は一間ほど先でまばゆい光に目を奪われ、立ち尽くしている。

　右目を狙って潰すのは造作もなかった。手首だけで指弾を放る。あっと声を上げた丑松は短筒を放りだし、右目を押さえる。指の間から血が溢れだした。

「竹丸様」

　背後から声をかけられ、誠之進はふり返った。

　宙には五つ六つほどのひとだまが浮かび、周囲を照らしていた。

見えた。

　躰を低くし、大刀を水平に構えた男が突っこんでくる。誠之進は足下に落ちているキセル筒の端を踏んづけ、ぽんと蹴りあげると右手で摑んだ。

男が突いてきた切っ先を躱し、懐に飛びこみざまキセル筒を相手の鳩尾に突きたてる。

「ぐえっ」

　男の口から声が漏れた。キセル筒を引き、目の前に突きだされている男の右手首に叩きつけた。

　ぐしゃりと骨の砕ける感触がキセル筒を伝わってくる。

　前のめりに倒れる寸前、男の手から落ちた大刀の柄を蹴りとばし、丑松に目をやる。

両手で右目を押さえたまま、うずくまっていた。近づいた誠之進は落ちていた短筒を取り上げた。

ひとだまが燃え尽き、周囲がふたたび闇に包まれる。誠之進は閉じていた右目を開け、逆に左目を閉じた。いつの間にか雲が割れ、月光が射している。ひとだまの光を直視していない右目なら月明かりだけでも周囲を見ることができた。

ひたひたと寄ってくる足音がする。

「お怪我はございませんか」

治平だ。

「平気だ。お前の方は？」

「闇の底に沈んでおりましたので、私に気づく者もありませんでした」

伊蔵の殺され方が誠之進には気になった。背後からひと突きにされていたのである。いくら剣の心得がないとはいえ、後ろから近づいてくる者があれば、多少なりとも身じろぎはしそうなものだ。

ところが、突っ立ったまま、無造作に刺されていた。それで察しがついた。何者かが伊蔵の気を引いておき、後ろから別の者が突くのであれば、さほど難しくはない。

丑松をおびき出すのに藤代の手を借りた。しかし、丑松は短筒を携えているし、伊蔵の殺され方を見れば、丑松には仲間がついてまわっていることが予想された。藤兵衛の手下たちに背中を守らせることも考えたが、利助、伊蔵が殺されている。その上、藤代が宙に十文字を描き、丸で囲んでみせた。薩摩藩か、脱藩士がからんでいるのであれば、命の危険がある。

背中を託すのであれば、治平しかいない。

ひとだま——煙硝玉は利助の長屋で見つかったもので藤兵衛が預かっていた。治平にそのことを話すと借り受けて欲しいといわれた。どのように使うつもりなのかはわからなかったが、いわれた通りにした。治平は煙硝玉を丑松の目くらましに使い、周囲を照らすことで誠之進に刺客の姿を見せた。

「それにしても絶妙だった」

感心していうと治平が平然と答える。

「短く切った火縄を使いました。火を点け、こやつの足下に転がしてやったんです」

うつ伏せに倒れ、ぴくりとも動かない男を見下ろして治平がいう。

ふいに周囲が騒がしくなった。いくつもの提灯が揺れている。提灯の中には丸に橘の文字を入れたものがあった。藤兵衛の手下たちが周囲を囲んでいるのだ。

「神妙にいたせ」

怒鳴り声が響きわたった。南町奉行所与力江坂の声に似ているような気がする。

少し離れたところで男の声がした。

「退け」

乱れた足音が遠ざかっていく。ほかにも丑松の仲間がいたようだ。

常磐津の師匠の家を手配したのは与吉だが、藤兵衛にもすべて事情は話していたようだ。江坂の声がしたのは、師匠宅の方からである。

やがて駆けよってくる二つの影があった。

「ご無事でしたか」

声をかけてきたのは藤兵衛、すぐ後ろに与吉がついている。

「ああ」

答えておいて与吉に目をやり、うずくまっている男を顎で指した。

「丑松か」

「へい」

「そうか」誠之進は持っていた短筒を藤兵衛に差しだした。「丑松が懐に呑んでいたのはこいつだ。丑松も、もう一人の方も死ぬことはなかろう。あとは江坂様にお任せするのがいいだろう」

「へい」

短筒を藤兵衛に渡そうとした刹那、誠之進は何気なく虚空を見上げた。そこに浮かんでいるものを見て動けなくなった。

翌日、夕刻――。

磐城平藩下屋敷にある隠居所の座敷で、誠之進は父と向きあっていた。昨日の夕方から夜半にかけて起こったことを報告するためにやって来たのである。

二人の前には膳部が置かれていた。

「午過ぎに藤代が来てね」

父がぼそりといい、盃を空ける。誠之進は徳利をさしかけた。酒を受けながら父がつづける。

「丑松と申す者が白状したそうだ。すべては七木屋の差し金だと」

「丑松は金を出させただけだと申しておりましたが」

父は酒をひと口ふくみ、まるで苦い薬でも服んだように顔をしかめた。

「もう一人、お前が打ちたおした者がおったろう。自身番屋に連れこまれた直後、隙を見て、近くにいた者の脇指(わきざし)をひっつかむやおのれの首を刺して果てたそうだ。同心が差していた脇指らしいが、本当のところはわからん。死人に口なしだからな」

もうひと口酒を飲み、さらに苦い顔つきになる。

「たとえ脱藩した輩であったとしても今は西国の大藩とことを構えるわけにはいかん。難しい時世(とき)だ」

「それでは七木屋が……」

いいかけたところで父が首を振った。

「あの材木屋は公儀御用も務めておる」

幕閣の中枢部に賂がばらまかれているという意味に他ならない。おそらくすべては丑松と、自害したことになっている浪人者、逃げた不逞の輩の仕業とされ、あとはうやむやのままだろう。

父がつづける。

「ところで、勝安房だがな。近いうちに神戸に追いやられるだろう。相変わらずぱあぱあうるさいのを殿が嫌われてな」

「神戸でございますか。いったい何があるんです？」

「何も。ただ湊はある。軍船の稽古場でも作らせるのかも知れない。本当の狙いなどわからん。単に目障りというだけかも知れない」

父子はしばらくの間、黙って酒を酌み交わした。

誠之進は思いきって切りだした。

「実は昨夜、丑松ともう一人を奉行所の役人に引き渡す少し前ですが、見ました」

父が目を上げる。

「何を？」

「空の高いところをひとだまが二つ、並んでゆっくりと飛んでおりました。長く尾を引いて、二つながら並んでおりました」

「般若心経(はんにゃしんぎょう)に五蘊皆空(ごうんかいくう)とある」

「はあ？」

いきなり般若心経を持ちだされ、誠之進はいささか面食らった。

「五蘊とは、色(しき)、受、想、行、識のことだ。外界と、おのれの身のうちをつなぐすべてが集まっている。お前の目が見たのか、五蘊が見せたのかはわからん。お前の目で見たからといって、そこにそのものがあるとは限らんが……」

父が空になった盃を突きだし、誠之進は徳利を取りあげた。

「懇(ねんご)ろに供養してやることだ。せめて、な」

利助と伊蔵の魂魄(こんぱく)がひとだまとなって顛末(てんまつ)を見届けに来たということか。

誠之進は盃を呷(あお)った。

第三話　道中三味線

一

「ごめんください」

長屋の午下(ひる)がり、板間に寝そべって手枕でうつらうつらしていた誠之進は女の声にはっと目を開いた。秋風が立ったとはいえ、晴れて、暖かくつい居眠りをしたものらしい。

「ううっ」

返事をしようとしたが、うまく声が出ない。上体を起こし、戸口を透かし見た。開けた戸から半ば身を乗りだすように小柄な女が立っている。路地に射す陽のせいで影になっていて顔がよくわからない。

「きわか」

「せいでございます」むっとしたような声音が答えた。「小鷸姐(こしぎねえ)さんじゃありません」

小鶮とは旅籠大戸屋の遊女で、昨秋まではきわという本名で下働きをしていた。誠之進は大戸屋に頼まれ、用心棒兼雑用係をしている。そのため、きわはしょっちゅう長屋まで使いに来ていた。八歳のときから下働きをして六年、月のさわりが来て客を取るようになった。

寝ぼけていたとはいえ、人違いは礼を欠く。

「すまん」

起きあがった誠之進は三和土（たたき）まで行き、しゃがんだ。せいは絣（かすり）の着物に赤い帯を胸高に締めていて、まだ子供こどもしている。きわが子供ながら鼻筋が通り、きりりとした涼しげな目元をしていたのに対し、せいは顔も鼻も丸く、頬が赤かった。

きわも最初に会ったときはこれくらいの年回りだったかとちらりと思う。

「それで何だい？」

「誠之進様の都合がよければ、今から大戸屋に来ていただきたいと旦那様が申しております」

自分の主人を旦那様はないだろうと思ったが、先に勘違いをしている手前、いってやるわけにもいかなかった。小女はたいはんが食うに困った百姓の娘で、きわもその一人、上州から江戸へ来た。

女衒（ぜげん）と呼ばれる手配師が貧しそうな百姓家を回って、吉原や岡場所、宿場で働けそうな娘を探す。子供のうちは行儀見習いから始まって、書、茶、生け花等々を学ぶ。
女衒は、いずれ女郎となって働く娘の給金を親に渡す。年季は十年が決まりで、このとき親が受けとる金は十年分の給金なのだ。早い話が食えなくなった親が娘を売るわけだが、食うや食わずであれば、金は欲しい。またとうの娘にしたところで、そのまま生家に残っても稗（ひえ）や粟（あわ）、芋がらしか食えず、夜明けから日が暮れ、暗くなってからもいろり端で夜業にこき使われつづける。嫁に行っても嫁ぎ先で似たような暮らしがあるだけだ。しかし、遊里に来れば、三度三度白い飯が食える上、きれいな着物に身を包んで、夜は絹の布団で眠ることができる。

七つ、八つの娘が自ら選びとった道とはとうていいえない。娘の親にしても同じことだ。どちらにとってもやむにやまれぬ、しかし、苦しく哀しい選択だった。

それでも男よりましかも知れないと誠之進は思う。この夏、ひとだま騒動に巻きこまれて殺された鋳掛屋の利助は相州の百姓くずれだった。食えなくなって打ち壊しの一味に加わり、役人に追われる身となって江戸へ出てきた。伊蔵も似たり寄ったりであったろう。

たとえ武家に生まれようと嫡男ではなく、養子の口もつかなければ、生涯生家で飼い殺しにされる。まして当主である父が藩の台所事情によって召し放ちにでもなれば、一家離散の憂き目に遭い、食えなくなるのは百姓と変わらない。

品川宿界隈の遊女にも武家の妻女がいるという噂を聞いていた。

「都合も何も見ての通りとろとろ居眠りしてたんだ。行くよ」

「あい」

誠之進は草履を突っかけ、せいといっしょに長屋を出た。

法禅寺裏にある長屋から東海道に出て、左に行けば、すぐに大戸屋に達する。せいに案内され、主人がふだん使っている居間に案内された。長火鉢がぽつねんと置かれているだけの三畳間である。朝晩に秋風の気配はあるものの火鉢に炭はいけていない。今日の午下がりなど蒸し暑くさえ感じられる。

待つほどもなく、庄右衛門が入ってきて、誠之進の向かいに正座した。三十手前だが、去年、父親が隠居を決めこみ、旦那から大旦那となった。それまで若旦那と呼ばれていたのだが、大戸屋の主となり、庄右衛門の名も引き継いでいる。

挨拶もそこそこに庄右衛門が切りだした。

「実は小鷂のことなんですがね」

源氏名であることはわかっているもののきわの方がはるかに馴染みがある。

以前、大戸屋の前を通りかかったとき、顔見世の端で硬い表情で一点を見つめているきわ……、いや、小鷂を目にしたことはあった。ほんの子供の頃から知っているだけに白粉をべったり塗り、紅を差した小鵆を見ると胸の底がざわざわした。しかし、上州の山奥で百姓をしている両親が女衒から金を受けとっている。誠之進にはいかんともしようがなかった。

　黙って見返すうち、唇をひと嘗めした庄右衛門が先をつづける。

「ひと月ほど前からでございましょうか。客がつく度に大騒ぎになりましてね」

「大騒ぎというと？」

「何でも客がおかしなことをしたとか、しないとか、とにかく大声を張りあげて、挙句に泣く、わめく、驚いてかけつけた小女を蹴飛ばす……」

　庄右衛門が長火鉢に目をやり、小さく首を振った。

「そのうち客の間におかしな評判が広がるようになりまして」

「どんな？」

「小鷂は狐憑きだと」

　ひとだまの次は狐憑きか――誠之進は肚の底でつぶやいた――やれやれだな。

　そう思いながらも訊いた。

「どこか躰の塩梅でも悪いということは？」

「そうでございますねぇ」

　庄右衛門は首をかしげ、月代のわきを掻いた。

「だんだんとおまんまを食わなくなりました。食べたくないと申しまして。ここ数日は妓たちが暇なときには控えている大部屋に寝たきりで、一日に一度、ほんの少しばかり粥をすするくらいで。躰が熱っぽいの、腹を下してるのとも申しております。ただ、お客様がつくと大騒ぎするくせに手前と話をする分には落ちついておりまして、とくに変わったところも見られません」

「叫ぶといったが、何を申しておるのか」

「それがまるでわけのわからないことでございまして……、山から神様が降りてきただの、あたしに指一本触れてはならないだの、天狗がどうしたとか」

「ふむ」

また、天狗だ。

「私もほとほと困りはてておりまして」

「ふむ」

ふたたび生返事をして腕組みした誠之進に庄右衛門は探るような目を向けてきた。

「誠之進様は小鷂が小女をしてる頃からよく知っておいででしょ」

「まあ、よく使いには来ておりましたが」

さっきもせいをきわと取り違えた、とはいわなかった。

「誠之進様なら何かお聞きじゃないかと思いまして。すみません。これっぱかしのことでお呼び立てするような真似をしまして」

「それは構わんが、きわ……、小鶴とは見世を張るようになってからは会っておらんし、とくに噂のようなものも耳にしていませんが」

「思いあたる節もございませんか」

「いや……」誠之進は首を振った。

「そうですか」庄右衛門の肩ががっくりと落ちる。「お役に立てず申し訳ない」「まいったな、どうも」

「私で何か役に立つことがあれば、いくらでも力を貸すが」

「さようでございますか」

弾かれたように顔を上げた庄右衛門の顔が輝いている。誠之進は眉根を寄せ、あわてて顔の前で手を振った。

「しかし、娘どころか子供すら持ったことがないし、まして独り身。若い娘の心持ちなどわかりようもありませんが」

「とりあえず、一度小鶴と話をしてやってくれませんか」

「あ……、いや……、しかし……」

とにかくお願いしますと何度も頭を下げられるのに閉口して、曖昧に口を濁したまま、何とか辞去する方法に思いを巡らせたが、うまい思案はなかった。

「とにかく話だけでも」

わずかに下がり、畳に両手をつく庄右衛門を見て、背中に汗が浮いた。

「まあ、会って話を聞くだけなら……」

そのとき戸口からふわりといい香りが漂ってきた。目をやると浴衣姿の汀が立っている。大戸屋内に設けられた湯殿を使ってきたところらしく、髪は濡れ、化粧をしていなかった。

「詐病ですよ」

汀がさらりといった。

誠之進は汀を見上げ、首をかしげた。汀が自分の胸に手をあてる。

「きわには、きわの思いがありましてね」

「思い？」

訊き返すと汀はうなずいた。

「牛を川のそばまで引っぱっていくことはできても水を飲ませることはできないという道理でございますよ」

誠之進はぽかんと汀を見つめ、庄右衛門はうなった。

「それじゃ、ごめんなさい」

小首をかしげるように挨拶をすると汀は居間には入らず奥の階段に向かった。三階に汀だけが使える支度部屋がある。

汀が去り際にいった言葉が胸底に残った。

炎天下、川べりに牛を曳いていった百姓の姿を脳裏に描くことはできた。百姓は牛の鼻輪をつかみ、川面に口をつけさせようとする。牛は首を振り、水を飲もうとしない。汗まみれで困りはてた顔をしている百姓も浮かんだ。

きわを牛にたとえているのか。

陽の光に灼かれながら咽が渇いていないというのか。

どうしても水を飲みたくないのは、どういうわけだ……。

思いは巡るが、答えは一向に見いだせなかった。

「ずいぶん難しい顔をなすってますね」

声をかけられ、誠之進は顔を上げた。大戸屋を出て、街道をぶらぶら歩きながら口入れ稼業橘屋の前まで来ていた。若い衆の徳が笑みを浮かべて誠之進を見ている。

「牛のことを思案してててね」

「うし……」徳が眉を寄せ、首をかしげたあと、両手の人差し指をひたいの辺りに立ててみせた。「こいつでござんすか」

「その牛だ。川まで引っぱっていくことはできても水を飲ませることはできないって謎かけなんだが、答えが見つからん」

「悪所で牛といえば、妓のことでやすが」

人を乗せるのだから妓遊を牛と呼ぶことがあった。音も牛で似ている。転じて遊廓で働く男衆を牛太郎という。何のことはない、誠之進もその一人だ。

徳がつづける。

「旦那のお悩みは妓のことですかい」

「ああ」

「客を取らねえ、飯は食わない」

徳の言葉に目を剥いていると、さらりとつづけた。

「惚れた男がいるんでござんしょう」

ますますぎょっとして徳を見る。

「どうしてそんなことがわかる？」

「昔、この辺りの旅籠に情の強い食売女がおりやしてね。客の一人に惚れちまって、その男の子を孕んだ。旅籠の主も女将も堕ろすもんだと決めてかかったんだが、その妓、意地でも産むっていって、ついに産んじまった。食売女が何人も出入りする支度部屋で赤ん坊を育ててたんですが、梅毒で死んじまった。妓が二十八のときで、ガキは九つになってやした。このガキがまた手のつけられない性悪で、とどのつまりが……」

徳が自分を指す。

「藤兵衛親分に拾われなきゃ、今ごろとっくに鈴ヶ森か小塚っ原でされこうべでしょう」

梅毒にかかる遊女は多かった。半数か、それ以上といわれる。

病の初めは躰の一部——腋の下や股の付け根が多い——が盛りあがって、固くなる。痛くも痒くもない。盛りあがったところが固くなれば、病気とわかる。だが、治す手立てはなく、放っておくしかない。そのうち赤く腫れ、痒みが出てきて、掻きむしれば、皮膚が破れ、痕はただれたようになる。ゆえに瘡掻きと呼ばれる。

この頃になると髪は抜け、躰はだるく、発熱するが、ひと月ほども寝ているうちに腫れが引き、元通りの躰になる。しかも一度梅毒にかかると子を宿しにくくなり、遊廓の主人たちには歓迎される向きがあった。

しかし、ふたたび腫れてくるともういけない。最初に病の兆しが見えてから三、四年後には顔が崩れ、客が寄りつかなくなる。一度梅毒にかかりながら最初の瘡の跡が消え、それから何年も生きながらえる妓もいたが、たいはんは三十になるかならないうちに毒が脳にまわり、命を落とした。

徳が鼻のわきを掻いた。

「食売女の中には一途なのもおりやしてね。こいつが厄介だ。どうか気をつけてやっておくんなさい」

徳の顔つきは穏やかだが、声には深い思いやりがこもっていた。

薄い布団をかけ、箱枕に頭をのせたきわは目を上げ、鴨居(かもい)にかけた小袖を見上げていた。朱色の地に二羽の白い鳥が染め抜かれている。鳥は足が細く、嘴(くちばし)が長かった。一羽が足下をついばみ、もう一羽が遠くを見ている図だ。

鷸(しぎ)――きわのもう一つの名と同じだ。

小袖の下には化粧道具や日用の細々とした物がきちんと置いてある。大部屋は八人の妓たちで使っていた。客がつかなければ、大部屋で寝起きする決まりになっている。

鼻先に手をかざした。

白くて、すべすべしている。下働きをしていた頃はもっと荒れていたものだが、今は自分で見てもきれいだと思った。

小袖も白い手も田舎にいたのでは手に入らなかっただろう。

実家にやって来たおっちゃんという四角い顔の男を思いだす。わずかばかりの着替えを入れた風呂敷包みを胸に抱き、二人で並んで歩いていたときのことだ。実家が遠ざかりつつあったが、おっちゃんはくり返しいった。

『ふり返ったらあかん。もうお父(ど)もお母(かあ)もおらんのや。品川でな、お前の新しいお父とお母が待ってる』

おらんといわれても家の前に立ち尽くしてきわの背を見ている父と母がいるのはわかっていた。

だが、ふり返らなかった。ふり返ってしまえば、おっちゃんといっしょに遠くへ行けなくなると思ったからだ。きわが遠くに行かなければ、年貢を納められず、翌年は田んぼがあたらなくなる。父母だけでなく、弟、妹たちが何も食べられず飢え死にしてしまう。

わかってくれとお父はいった。お母は何度も詫びた。

すまんなぁ、すまんなぁ、すまんなぁ……。

『ええか、品川に行けば、ええべべ着て、絹の布団に寝られるんやで。それに三度三度白い飯があたる。混じりっけなしの銀しゃりや。それにお前が見たこともないようなご馳走も食べられる。鮨でもてんぷらでも……』

そのときはおっちゃんのいうご馳走がどのようなものかわからなかった。

きわは八歳だった。鮨もてんぷらも見たことがなかった。粉をこねて打ち、薄く延ばして細く切った蕎麦を見たのも江戸へ来てからだ。粉を湯で溶き、ぬるぬるの団子にして食べるのが蕎麦だと思っていた。

たしかに白い飯が食えたが、漬け物を添えた湯漬けがほとんどだった。それでも最初はこの世にこれほどおいしいものがあるのかと驚いた。初めて見る姐さんたちのきらびやかな着物には目を奪われた。

だが、手に入る度、口にする度、きわは湧きあがってくる思いをどうすることもできなかった。

こんなものか……。

あのまま家にいれば、ろくなものを食べられず、真っ黒に日焼けし、手は荒れ放題、寒くなればあかぎれが痛かっただろう。今では白い手をして、きれいな小袖を着られる。ただし、食べる物も着物も化粧道具もすべて自前だ。客がつかなければ、前借りは減らず、さらに借金が増えて年季が長くなっていく。

読み書き、そろばん、生け花、お茶、三味線、小唄と習うことができた。今では字が読める。書ける。

しかし、書さえ読めなければ、こんな思いをしないで済んだものを……。

胸の底がすぼまり、きりきりと痛む。

起きあがったきわは小袖の下に置いた荷物の下から四角い風呂敷包みを取りだした。五、六寸四方の大きさだ。

腹の前に風呂敷包みを抱え、支度部屋の出口まで行った。廊下に人影がないのを確かめ、足音をしのばせて裏階段に行き、そのまま三階に上がった。

下働きをしていた頃にはよく来ていたが、客を取るようになってからは来たことがない。三階を使えるだけの格がきわには備わっていない。

目指す部屋の前まで来て、両膝をつく。乾いた唇を舌先で湿らせ、そっと声を圧しだす。

「汀姐さん」

「誰？」

すぐに声が聞こえた。強ばっていた肩から力が抜けたが、きわは顔を上げずにつづけた。

「小鷸でございます。ちょっとお願いしたいことがございまして」

だが、それきり汀が黙ってしまった。背中から首筋にかけてじわりと汗が浮かぶ。どうしよう、今さら逃げだすわけにもいかないし……。

胸の内でつぶやいたとき、目の前の戸がすっと開いた。

二

翌朝、またしてもせいが呼びに来て、誠之進は大戸屋に行った。すぐに居間に通されたが、主人の庄右衛門だけでなく、橘屋藤兵衛が待っている。ただごとではなさそうだ。

食売女の一途が厄介だといった徳の顔が脳裏を過って(よぎって)いく。

長火鉢の前にあぐらをかくなり、庄右衛門が切りだした。

「小鷂が見えなくなりましてね」

「いつ？」

「今朝方は大部屋にいたのは確からしいのでございますが、なにぶんにも妓たちが出入りしておりますし、客のついた者は朝餉の支度やら自分たちの朝飯やら、朝のうちに湯を済ませるのもいまして、とにかく慌ただしくしておりまして……」

要ははっきりしないということだ。気がついたのは、客や妓たちの朝餉が終わり、一段落してかららしい。庄右衛門が大戸屋に顔を出したのもその頃だ。小鷂が気になったので一声かけようと思ったが、見当たらない。大部屋はもとより水屋、湯殿、手水場にも姿はなく、近所も見回らせたが、どこにもいなかったという。

吉原遊廓ほどではないにしろ品川宿の旅籠にも妓たちの出入りを禁ずる掟はあった。街道に面した玄関には立ち入りが許されず、水屋のわきにある裏口にはつねに人目がある。そのほか妓たちが使う部屋の窓には外から格子が取りつけてある。

それでも出る気になれば、裏口付近にひとけがないのを見計らって逃げだすことはできる。

「壊された窓もございませんし、小鷂にしても行くところなどないでしょう」

庄右衛門のいう壊された窓とは湯殿や手水場に打ちつけられた格子のことだ。しかも妓たちはそもそも品川宿の中しか知らない。小女として下働きをしているときには使いに出されても宿場を出ることは許されなかった。

藤兵衛がキセルを出し、莨（たばこ）を詰めながらつぶやくようにいう。

「誰か手引きした野郎でもいやがるかな」

「どうでしょう」庄右衛門が腕組みし、首をかしげた。「このところ小鶴は客もとっておりませんし、まだ馴染みといえるほどの客もついちゃいません」

「しかし、一人で逃げだすとも思えんしなぁ」

長火鉢に少しばかりいけられた炭火にキセルを寄せ、莨に火を移した藤兵衛がぷかりと煙を吐く。

「小鶴も品川宿より外はまるで知らんでしょうし」

「うちの者に近所を探させてみよう」

「お願いします」

品川宿界隈で揉め事があれば、橘屋に持ちこまれることが多い。

そのとき、戸口に汀がやって来て、そっと声をかけた。

「ごめんなさい」

庄右衛門が顔を上げる。

「どうしたい？」

「誠さんにちょっと」

　誠之進は汀を見上げた。庄右衛門が目でうながしたので立ちあがり、居間を出た。

「こちらへ」

　汀が先に立って、裏階段の方へ歩きだす。三階にある汀の支度部屋に入ると膳部が用意され、わきにおひつが置いてあった。

「朝餉、まだでしょ」

「ああ」

「座って。残り物しかないんだけど」

「ありがたい。腹ぺこだったんだ」

　誠之進は膳部の前であぐらをかいた。鯵の開き、なます、香の物が並び、椀に盛られた味噌汁からかすかに湯気が立ちのぼっている。

　品川宿では泊まり客に敵娼が自ら給仕をして朝餉を振る舞う。ごくありふれた朝餉が吉原ほどに格式張らない一夜妻を売りにする品川宿の作法だった。

　汀が白飯を盛りつけ、茶碗を差しだす。受けとった誠之進はいったん茶碗を膳に置き、あらためて手を合わせ、箸を取った。

「いただきます」

「めしあがれ」

飯は朝炊いたらしくまだほくほくと温かかった。飯を食い、鰺をほぐして口に運ぶうち、汀が立ち、押入から風呂敷包みを出してきた。ちょうど重箱ほどの大きさだ。

味噌汁をひと口飲み、誠之進は訊いた。

「何だい？」

「知らない。昨日、小鷁が預かって欲しいといって持ってきた。開けないでといわれてたからそのままにしておいたんだけど」

膝の上に包みを置き、風呂敷を解きにかかる。

「ひょっとしたら小鷁が逃げだしたわけがわかるかも知れない。あの子ったら、この部屋に入ろうともしないで前に座って声をかけてきたのよ」

小女から妓になると格式があって、三階には上がれなくなると聞いた。

「遠慮があったんだな」

「水臭いよね。前みたいにしょっちゅう遊びに来りゃいいのに。そこの戸を開けたときにね……」

廊下に手をつき、ひたいをすりつけんばかりにして頭を下げている小鷁に汀は声をかけた。

「おや、久しぶりだね。このところ伏せってるって聞いたけど、塩梅はどうだい？」

「はい」

上向いた小鶺の顔を見たとたん、そのやつれぶりに汀は息を嚥んだ。

客の相手をしなくなり、ろくに食事を摂らず、大部屋で寝ていることが多いという話は主の庄右衛門から聞かされていた。心当たりはないかと問われたが、何も思いつかない。汀も気になり、ほかの妓たちにそれとなく訊ねてみたが、さあと首をかしげるばかりではかばかしい答えは得られずにいた。

近いうちに小鶺を呼んで話をしようと思っていた矢先だ。

「お願いしたいことが……」

くり返そうとした小鶺をさえぎるように汀はいった。

「とりあえずお入り。お前だって、ついこの間までしょっちゅう出入りしてたんだ。遠慮なんかないだろう」

「でも……」

「いいよ。小鶺は源氏名、お前がきわであることに変わりはないんだから」

部屋に入ったもののきわは戸口の前に座り、奥へ進もうとしない。汀は向かいに腰を下ろした。

「とりあえず戸を閉めてちょうだい」

「あい」

きわが風呂敷包みをわきに置き、戸を閉める。

「それでお願いって何だい？」

「実は……」

「そういって差しだしたのがこれだったんだ」

汀が風呂敷を開くと、中から出てきたのは三味線の胴だ。しかし、付き物の棹（さお）が見当たらない。

「何だ、そりゃ」

「さあ」胴をひっくり返した汀がいう。「裏に蓋がある」

しばらくいじくっていた汀だったが、ふいに裏蓋がずれ、中から木片がばらばらと落ちた。汀の膝ではね、畳の上に広がったのは木片ばかりでなく、糸巻きや短い棒もある。

そのうちの一つを手にした汀が誠之進にかざして見せた。

「これ、ばちだね」

「そのようだが、ずいぶん小さくないか」

「道中三味線だよ」

それから汀は木片を継ぎあわせ、胴に差した。小さくはあったが、三味線の形になる。

「三味線を持って旅する人もある」

「物好きだな」

朝餉を平らげた誠之進は箸を置き、合掌した。

「ごちそうさまでした」

「お粗末様……、ってのがシャレにならないくらいお粗末だったわね」

「結構なもんだ。ありがたいよ」誠之進は汀が抱えている道中三味線に目をやった。

「そいつをきわが……、いけね」

「きわでいいよ。あの子はきわ、小鷂は客に会ってるときだけでいいじゃない」

「そうだな。それを預かって欲しいといってきたわけか」

「大部屋だからね。まわりにいるのは品川の食売女たちだ。手癖の悪いのもいる」

「手癖が悪いのはどこにでもいる。それにしてもきわは三味線なんかどこで手に入れたんだろう」

「ひと月くらい前に来た客があの子をたいそう気に入ってくれたんだって。預かったときには何かなと思ったけど、開けないでくれとあの子がいうものだから」

「客の名前は?」

誠之進の問いに汀が首を振る。

「いわなかった。ただ、西国から来た人だとはいってたけど」

きわがいなくなったのは出奔したのか拐かされたのかはわからない。だが、昨日汀に道中三味線を預けたときには、大戸屋から出ていこうと決めていたのではないか。

「その客についたのは、ひと月前といったな」

「ええ」

「きわの様子がおかしくなったのもその頃だって話だ。何か関係があるだろう」

汀に預けたのは、何かあれば、汀から誠之進に話が伝わると考えたからに違いない。そして誠之進であれば、自分を探してくれる、と……。

探すさ、と誠之進は胸の内でつぶやいた。

西国といわれれば、あてになりそうなのは藤代しかいない。去年、ともに萩まで行っている。

居間に戻るとまだ藤兵衛がいた。庄右衛門に紙と筆を借り、父宛に手紙を書いて藤兵衛に託した。直接藤代に連絡(つなぎ)をつける手段を知らない。

手紙には小鷸という妓の様子がおかしくなったこと、今朝になってふいに姿を消したこと、汀が道中三味線を預かり、西国から来た客の持ち物といっていたことなどを細々と書き、藤代に会いたいと添えた。

父が使いを出し、藤代の都合を訊いた上で治平に返事を持たせるだろうと考え、誠之進は長屋に戻った。

午を過ぎ、夕刻が近づいた頃、長屋の戸口に男が立った。

「ごめんよ」

見やった誠之進は目を剝いた。戸口に立っているのは藤代本人だ。横目付の手代という職種柄、さまざまな装束を着けることは知っていたが、今日はどう見ても町人、それもあまりたちの良くない遊び人風の恰好をしている。

「これはわざわざ……」

框（かまち）に膝をそろえ、頭を下げようとした誠之進を藤代が制する。

「堅っ苦しい挨拶は抜きにしましょうや。何しろこの形（なり）だ。今日のところは誠さん、半さんで」

「半さん？」

「それがし、半左衛門（はんざえもん）と申す」いってから藤代がにやりとする。「ってわけにもいかねえんで、半治（はんじ）とでもしときましょう。半さんでも半公でも半の字でも結構、誠さんの呼びやすいようにやってください」

「あいや、しかし」

「とにかく出ましょうや」

「出かける？　どちらへ？」

「横浜へね。評判の異人見物としゃれこみやしょう」

早くも戸口を出ようとする。誠之進はキセル筒を取り、腰の後ろに差した。キセル筒には革の莨入れがついている。

草履を突っかけ、後ろ手に戸を閉めて藤代のわきに立つ。藤代が空を仰いでいった。

「今から出るとなると今夜は神奈川宿で一泊して、横浜見物は明日ってことになりそうですな」


品川宿から神奈川宿までは五里だが、品川湊から乗合船を使ったので夕方には宿場に着いた。適当に旅籠を選んで上がったものの誠之進、藤代ともに遊び人の風体ゆえ、解くほどの荷物などなく、すぐに酒となった。

膳を前にした藤代があらたまった口調でいう。

「現今、横浜に入るのには厳しい詮議がございましてな」

二年前に結ばれた条約によって箱館(はこだて)、新潟、横浜、兵庫、長崎の五湊にかぎって異国船の出入りが許されるものとされた。中でも江戸にもっとも近い横浜には異人たちが数多くやってきて、館を造り、街中を闊歩するようになっている。珍しい異人の姿を見物しに行くのが江戸市中でも流行しているが、幕府としては武家であれ、町人であれ、異人たちとの交流など望ましくなく、各湊、とくに横浜への出入りを厳しく制限していた。

「くぐり抜けるには、策の一つも必要なわけで」

髷も着流しも遊び人そのものだが、口調はまぎれもなく役人だ。しかし、旅籠に入る

までは どこから見ても遊び人にしか見えず、役目とはいえ、その変貌ぶりに舌を巻いたものだ。

「大権をもって、くだんの条約を結ばれた大老も今は亡い」沈鬱な顔つきで酒を嘗めた藤代が顔を上げる。「その大老の命によって昨年斬首された吉田松陰の塾を憶えておられますか」

「忘れられませんね」

去年の夏の終わり、誠之進は藤代とともに松陰の塾——松下村塾の庭先に忍びこみ、松陰の姿を見ている。やや甲高い声でまくしたてる松陰に圧倒されたことは誰にも話していないが、胸に深く刻まれていた。

異人たちが大挙して押しかけている今、奴らを打ち払う、いわゆる攘夷を実行するのは、あなたたち、そして自分だといった。松陰は出自にかかわらず門弟一人ひとりをあなたとていねいに呼んでいた。

さらに攘夷を実現するためには旧態依然たる藩や幕府に頼っていては駄目で、まずは破壊しなくてはならない。

何もかもぶっ壊せ……。

深く胸に刻まれたのは、松陰の言葉に少なからず心を動かされたからに他ならず、それゆえ誰にも話せなかった。

藤代がつづける。

「その松陰門下に高杉（たかすぎ）という者がおります。いろいろ変名を使っておりますが、長州萩藩士高杉某（なにがし）の嫡男ゆえ、高杉としておきましょう」

高杉は松陰門下にあってもぬきんでて優秀、しかも激越な性質で行動力もあるという。驚かされたのは、萩から江戸へ移送され、日本橋伝馬町（てんまちょう）の獄につながれた松陰を見舞っているといわれたことだ。

堂々と訪ねているあたり行動の人という藤代の言にもうなずけた。

「その高杉ですが、松陰を見舞ったあとも江戸におりましたが、先月には東北を巡行し、主に学問で名を馳（は）せた人士たちと交流しております。月が変わって江戸へ戻り、これから大坂に出る支度をしているとか」

横目付の手代として、萩藩を注視している藤代にすれば、高杉の動向は見逃せないのだろう。

「高杉は文武に優れるだけでなく、人としてこなれたところもありまして、遊廓や岡場所への出入りも多く、酒席で興が乗れば、自ら三味線を弾いて歌います。しかも、その三味線は高杉が持参したもので」

はっとしてまじまじと藤代を見た。

藤代がゆっくりとうなずく。

「棹をいくつかに分け、胴の中に仕舞うことのできる、いわゆる道中三味線といわれるもので」

きわに道中三味線を渡した客は西国から来たと聞いた。だからこそ藤代につなぎをつけたのだが、直接長屋に来たのは切迫した事情があるためではないのか。

「それではきわが会った客というのが……」

「いえ」藤代が首を振った。「はっきりそこまでわかっているわけではありません。しかし、江戸在中、高杉が品川宿に出入りしていたことはつかんでおります」

「さきほど高杉が大坂へ向かうといわれましたが、途上で横浜に立ち寄るわけですか。それはまたどうして」

誠之進の問いかけに藤代は二本の指を立てた。

「考えられるのは二つ。一つには攘夷の実行として横浜に次々と建てられている異人どもの商館を焼き打ちすること」

「もう一つは？」

「武器を手に入れることです。横浜には、商売をする異人ども、またその手先となって動きまわっておる商人どもが多数おります。奴らは高杉にとって標的であると同時に咽から手が出るほどに欲しい武器を持っています」

「武器……、鉄砲ということですか」

「誠之進殿は鉄砲に先込と元込があるのをご存じか」

藤代が説明をつづけた。先込とは炸薬と弾を筒先から転がし入れ、突き棒で押し固めたあと、狙いをつけて火を点けるもので、元込とは最初から小さな筒に炸薬と弾が詰められ、鉄砲にその小さな筒を入れて撃つだけで発射できるという。

「最新式は元込なのです。鉄砲を撃つ作法を見れば、どちらが有利かすぐにわかる。先込の場合、いちいち鉄砲を立て、火薬と弾を入れなくてはならない。元込なら寝そべったまま、鉄砲の後ろから弾をこめられる」

「はあ」

違いがよく理解できなかった。誠之進の顔つきを見て、藤代が言葉を継ぐ。

「戦を想像してごらんなさい。敵も鉄砲を持っているわけです。先込なら戦場で起きあがらなくてはならない。敵にすれば、標的の方が勝手に大きくなってくれる」

「そうか」

さらに藤代がいうには、元込であれば、次弾を撃つまでの間が短縮できるだけでなく、炸薬が真鍮の筒に密封されているので雨にも強いという。

「ただし、問題があります。元込の鉄砲は異国においてもまだ珍しい物ゆえ値が張る。先込なら一挺が五両ほどですが、元込は安い物でも三倍、役に立つ最新式ともなれば、旧式十挺分にもなります。だが、働きは十倍では利かない。雨の戦場であれば、威力は何百倍にもなりましょう」

「高杉はその鉄砲を手に入れようと横浜に来るわけですか」

「いかにも。そして横浜は生糸の出荷地でもあります。異人どもが買い付けていくのは生糸だけではありません。その中には若い娘もございます」

きわ——誠之進は胸の内で名を呼んでいた。


翌朝早く、旅籠を出たが、すぐ近くの別の旅籠に移った。そこで誠之進は藤代から身なりを変えるようにいわれた。半年ほども剃っていない月代をきれいにし、鬢付け油を使ってきちんと髷を整えた上、用意された羽織、袴を身につけた。

羽織に入った紋に仰天する。

三つ葉葵。いわずと知れた徳川家の定紋である。

言葉を失う誠之進に藤代がこともなげにいう。

「これから尾州徳川家家中として関所を通りますゆえ」

尾州——尾張徳川家といえば、今の将軍家を輩出した紀州、水戸と並ぶ御三家である。

騙るにしても格が……。

「のんびりしている暇はござらん。まもなく行列が出立しますゆえ」

藤代に急かされ、誠之進は大急ぎで羽織を身につけた。

三

初めて顔見世に座った日をきわはよく憶えていた。

去年、霜月(しもつき)になって数日が経った頃だ。朔日(ついたち)には顔見世に出るように主にいわれていたものの、踏ん切りがつかないまま、ぐずぐず日を送っていた。しかし、逃れられるはずはない。二羽の鶴を染めた小袖を着て、きわは顔見世の隅の方に座った。ひどく寒い日だったが、躰が震えていたのは寒さのせいばかりではなかった。

客に声をかけられることもなく、咽がしびれたようになって自分から声を出すことはできなかった。うつむいていたので格子の向こう、街道をそぞろ歩く人の気配を感じるばかりだった。

ひと通り作法は教えこまれていたし、何より八歳の頃から毎夜目の前でくり広げられるのを眺めてきたのだ。何をするのかはわかっていた。しかし、いざ自分が、となると話はまるで違ってくる。

とにかく痛いんだよぉ――。

咽までせり上がってくる感じ――。

お腹(なか)の真ん中にずぼっと入ってくるんだからね、そりゃ、苦しいもんさ――。

痛くて、痛くて、どうしたって涙が出てくるよ――。

妓たちにさんざんに脅かされた。

正直、初めてというのは怖かった。早くその日が来て、済んでしまえという思いと来て欲しくないという思いとがせめぎ合っていた。数日、何だかんだと理由をつけてぐずぐずしていたのも怖かったからにほかならない。

一杯やれば、気も大きくなるよといって酒の入った茶碗を差しだしてくれた妓もいた。受けとって、ひと口飲んだとたん、咽がすぼまり、胃の腑がひっくり返ってその場で吐きだしてしまった。飲めないわけではない。緊張のあまり躰が受けつけなかったのだ。

そしていざ顔見世に座ったものの、済んでしまえ、いや、来るなという思いは交互に湧きあがり、入り混じった。

ふと顔を上げた。何か気配を感じたからではない。何ということもなしに顔を上げたとき、格子の向こうに司誠之進がいた。ゆっくりと歩いてきて、きわに気がついたのかはっと目を見開いた。だが、足を止めようとはしなかった。

これまで何度も長屋に使いに行き、陽が高いというのに敷きっぱなしにした夜具に寝そべっている誠之進に声をかけた。唇の両端をにゅっと持ちあげた笑み、眉を八の字にした困った顔、白い歯を見せ、大口を開けて大笑いしている様子……、次々浮かんだが、怒っている顔や悲しそうな顔はついに出てこなかった。

しかし、あのとき大戸屋の前を通りすぎていった誠之進の表情はかつて一度も見たことがなかった。痛みをこらえているような、それでいてどことなく情けなさそうな顔つきにも見えた。

姿が見えなくなるまできわは目を離すことができなかった。

それからほどなく初めての客がついた。商人の体だったが、武家のように思えた。細面で、頬にすこしばかりあばたの跡が散っていたが、整った顔立ちをしていた。怖かったのは目だ。少し吊りあがった感じで目の力が尋常ではない。商人に見えなかったのは、その目ゆえだろう。

酒を飲んだあと、床に入った。

それから先のことはほとんど憶えていない。妓たちにさんざ脅された痛みに襲われ、気を失いかけたからだ。

相手の男――道中様は夜具に散った破瓜の印を目にして心底驚いたようだった。

そしていった。

『男は初めてになりたがり、女は最後になりたがるというが……』

最初から道中様と呼んでいたわけではない。大戸屋に告げた名は嘘だと本人がいっていた。

それから月に一度か二度、大戸屋に登楼ってはきわ――小鷂を呼んだ。

二度目には土産の鮨と、道中三味線を持ってきた。酒を飲み、鮨を食べながら手慣れた様子で三味線を組みたてた。三つに分かれた棹を継ぎたし、胴に差す。糸を張り、ばちで弾きながら糸巻きを回した。

不思議そうに眺めていると音を合わせているのだと教えてくれた。

今まで見たどの三味線よりも小さかった。ばちも小さい。旅に持って歩くために棹を外して胴に入れられるようにしてあるだけでなく、できるだけ邪魔にならないように小ぶりに作られていると教えてくれた。

小さくとも音は切れが良かった。ばちを使い、道中様は都々逸を歌った。しっとり低い声音にきわはうっとりした。歌の意味はところどころわからなかったが、気にはならなかった。道中様の声を聞いているだけで身も心も満たされた。

道中様と呼ぶようになったのは、二度目の夜以来である。もっとも面と向かって、口にしたことはなく、つねに胸の内で呼びかけるだけである。もし、本人に道中様といえば、何のことやらわからず細い目をいっぱいに見開いてしまうだろう。

どことなく誠之進に似ているような気がした。顔かたちはまるで違うのだが、初めての日、通りすぎる誠之進を見たあとについた客だからでもあり、顔見世の端に並んだきわに気づいたあとに見せた何ともいえない顔つきが道中様にもあったからだ。

三度目のとき、道中様がいった。

『師匠が首を斬られて死んだんだよ』

『慕っておられたのですね』

『どうかな』道中様が首をかしげた。『存命の頃は厄介千万な御仁だとばかり思っていた。口振りはていねい、むしろ優しいといえるくらいだが、とにかく気位が高くて、性狷介にして孤高を好むというのかな。門弟たちに対しても心底を開かれていたとは思えない。いや、師は思いのたけすべてをぶちまけていたのだろうが、吐ききれなかったといった方が近いか。とにかく奥の深い人でね。空しゅうなられた今になってわかる。ぼくは愚か者だ』

道中様と床をともにしたのは初回だけでしかなかった。あとは鮨やてんぷらといった珍しいご馳走を肴に酒を飲み、心地よい歌に浸っていた。

眼下に動きがあって、きわの思いは途切れた。

目の前には湊が広がっており、石造りの桟橋が二つ、突きでていた。品川ではちらほらとしか見ることのなかった黒船が数多く浮かんでいる。湊と通りを一つ隔てたところにある屋敷の二階にきわはいて、窓辺に置いた腰かけ――艶のある緑や金の糸で織られた布を張ってあるので、座れといわれたときにはためらったほど立派だ――に浅く座り、窓から外を眺めている。

通りに面して門があり、生け垣が回してあった。前庭が広く、芝が張られ、門から玄関まで赤っぽい土をかためた道がまっすぐついている。その門から大きな黒牛が入ってきたのにきわは気を取られた。一人が牛の口を取り、もう一人がわきに並んでいる。牛の背には荷駄が置かれていた。

牛の口を取っている男は背が高く、あまり日に焼けていなかった。もう一人は小柄な上に背が丸く、髪が白かった。

何だろうと思って、眺めているところへ後ろから声をかけられた。

「おや、全然食べてないじゃないか」

ふり返った。

とみが脚が細長い台——てえぶると教えられた——に並べられた椀や皿を見ていた。

「すみません。少しいただいたらお腹がいっぱいになって」

かつて品川宿にいて、ちょいとは売れたもんだととみはいう。歳は四十を過ぎているだろう。さすがにとうが立っていたが、売れたというのが嘘ではないと思わせるほどの美人ではあった。

これまでにも大戸屋に出入りするところを何度か見かけてはいた。女だてらに妓の口入れ稼業をしていたのである。

一昨日の夕方、汗ばんだ躰を流そうと湯殿に向かっているとき、とみに声をかけられた。道中様に会いたくないか、と。もちろんとみが道中様といったわけではない。きわが客を取らなくなったことはとみも聞いていたらしく、道中様が原因だろうとずばりといった。

どうして、そんなことがわかるのか……。

そう思ったが、道中様に会わせてやるというとみの言葉に逆らえなかった。道中三味線を汀に預け、その夜遅くに大戸屋を抜けだしたのである。

待っていたとみが手引きし、川べりにつながれていた漁師舟に乗せられた。すぐに舟は出て、沖で千石船に乗り換え、夜が明けて間もなく湊についた。

よこはまといわれたが、どこにあるのかきわにはわからなかった。千石船から艀（てんま）で石の桟橋まで来て、そのまま向かいにある屋敷に連れてこられた。

『あたしを信じなさい。とみ姐さんに二言はないよ』

そうくり返すばかりのとみだが、自分がどこにいるのかもわからないきわにしてみれば、いう通りにするしかない。

「まあ、昨日の今日だからね。おまんまもろくに咽を通らないのも無理ないか」

「あの……」

いいかけたきわに向かって、とみが頰笑んだ。

「わかってるって。もうじき大きな商いがあるんだ。そのときにお前さんの思い人が来る。だからそれまで大人しく待ってて」

そして決まり文句……。

「とみ姐さんに全部お任せあれ、だよ」

「ちょっと信じられないと思いますがね、ここらはほんの一年前まで何にもない漁師村だったんですよ」

町人体に戻り、口調もがらりと変わった藤代がいう。

「へえ、たった一年で」

誠之進は右に石造りの桟橋、左に大きな二階屋が建ちならぶのを眺めながら感嘆の声を漏らした。藤代のいった意味はわかる。一年前といえば、今は亡き井伊大老が異国と結んだ条約によって横浜の地が開港された頃だ。

当初、異国は神奈川湊を望んだが、江戸に近すぎるという理由でさらに西に五里ほど離れ、閑散とした漁師村横浜の地を開くことに決めた。

神奈川の関を越えると誠之進と藤代は尾州徳川家の一行から離れ、寺に入った。あらかじめ話が通っていたようで、すぐに厨（くりや）に案内され、そこに僧形に身をやつした藤代の手下二人が町人風の装束を用意して待っていた。ふたたび身なりを変えたのである。三つ葉葵の紋はやはり畏れ多いのだろう。一方、誠之進はいつものキセル筒を懐に入れていたが、葵の威光ゆえ関所の役人に改められることはなかった。

古来、雲水、富山の売薬商、遊芸者は手形を持たずとも国ざかいを行き来できたが、さすがに今の神奈川の関では吟味が厳しく抜けられない。藤代の手下たちは雲水に姿を変えた上、八王子から横浜へつづく街道を急ぎやって来たという。

「六十間あります」

藤代が岸から延びる二本の桟橋を目で示していった。

「立派なものですね」

「異人の船は大きくて積み荷が尋常じゃなく多い。湊に着けば、何十、何百もの艀が行き交うもので」

なるほど沖に繋がれた船はいずれも帆柱が二本、三本と立つ異国船ばかりで、品川沖でもよく見かける千石船でさえがこぢんまりとして見えた。

目の前の屋敷に振り分けにした荷駄を背負った牛を連れた二人組の男が入ろうとしていた。

藤代が小さく舌打ちする。

「どうかされましたか」

「のちほど話します」

牛が入っていった屋敷を通りすぎ、二つほど先の路地を左へ曲がった。一本奥の通りに出て、今度は右に行く。奥の通りの両側にも二階屋や白壁の蔵が並んでいた。そのうちの一軒、小さな商店の前にかかったところで藤代が圧し殺した声でいった。

「文殊屋といいます」

誠之進はちらりと横目で見て、すぐに視線を前に戻した。間口、奥行きともに二間ほどの狭い店で奥の帳場にきちんと髷を結った細面の男が座っていた。

「店主は福蔵といいますがね」足を止めず、藤代がぼそぼそという。「なりは商人風だが、唐国の者です。唐国の北に文殊国というのがあるそうで」

文殊というのが知恵を司るとされる仏だということくらいは誠之進も知っていた。

「知恵者が多そうだ」

「知恵より血の気の多い連中が多いようですがね。店の名前はそこから来ているようだが、ふざけた話じゃありませんか。堂々と自分は唐国から来たと宣伝してるようなもんだ」

「なるほど」

「横浜が開かれて、真っ先に乗りこんできたのが英吉利の連中です。さっき見たでしょ、牛が入っていった屋敷を」

「ええ」

「あそこが英吉利人の屋敷です。奴ら、蚕百姓とじかに取り引きしようとしております」

じかにといっても異人たちが直接百姓を訪ねることはできないと藤代がつづけた。

生糸やそのほかの商品、暮らしに必要な細々とした品を買いそろえるのは、異国の手先となっている売込問屋であり、文殊屋もそのうちの一軒だった。

異国で求められ、従って高値で売れる最たるものが生糸だが、五ヵ所開かれた湊のうち、横浜がもっとも江戸に近いだけに諸国の商人たちが殺到、生糸を買いあさった。そうなると自然値が吊り上がる。

「文殊屋は自ら八王子近辺に出向いて蚕百姓をまわり、ほかの問屋よりも高く買うと持ちかけて生糸を集めてるんです」

荷駄を積んだ牛が屋敷に入っていくのを見て、藤代が舌打ちしたのを思いだした。

「それじゃ、先ほどの牛は……」

藤代がうなずく。

「英吉利人がじかに買うといっているので文殊屋としても値を付けやすい、つまりほかの問屋より高く買えるといっているわけですが、もう一つからくりがあります」

二人は通りの切れ目を左に折れ、湊から遠ざかる方を選んだ。

「異人どもは生糸を買い付けるのに洋銀を大量に持ちこんだ。銀というのがミソでしてね。だいたい一両が洋銀五枚になります。ところが、自分の国に持ち帰ると一両の小判が洋銀十五枚になる」

「どうして、そんなことが？」

「条約のせいですよ。金、銀にも米などと同じように相場ってものがあります。異人どもは自分の国の相場を隠して、一両金は洋銀五枚と決めてしまった。これは英吉利だけじゃありません。横浜や長崎、そのほかの湊に出入りしている連中が結託して決めたことです。今になって相場がわかってもそれこそ後の祭りだ」

「それじゃ、銀を持ってきて金に替えて、金を持ち帰るだけで三倍になるわけですか」

「その通り」

「濡れ手に粟だな」

「だから文殊屋は生糸の代金を洋銀で受けとらないんです」

　藤代が誠之進に目を向ける。

「代わりに鉄砲で受けとる。それも最新式のね。これなら文殊屋の言い値で売れる」

　先込、元込の違いを教わったことを思いだす。値段は三倍、五倍、中には十倍以上になる物もあった。

「最新式の鉄砲を欲しがってる輩はおります。攘夷、攘夷と騒いでいる連中とか」

「高杉もその一人というわけですか」

「そう」

「しかし、大いに矛盾ではありませんか。攘夷を叫ぶ連中は神州を異人どもの汚い足で汚させるなといっています。そのため異人どもの屋敷を焼き打ちするとまでいっているのではありませんか。その当人が異人から鉄砲を買うわけですか」

「背に腹はかえられないといいます。最新式の鉄砲を持っているのは異人どもですからね。しかし、矛盾を抱えているのは高杉一人にかぎりません。攘夷の声が高まっている国々も最新式の鉄砲を欲しがっている。どこかが最新式の鉄砲を手に入れれば……」

「隣国も手に入れなくてはなりません。それにしてもよくぞそこまでお調べになった。さすがは……」

「おっと」藤代がにやりとする。「今は誠さん、半さんですからね」

「失敬」

「実は文殊屋が関わっているのがわかったのは、たまたまなんです」藤代が渋い顔つきで鼻を引っぱった。「ひとだま騒動ですよ」

「はあ？」

誠之進は目をぱちくりさせた。

「丑松が持っていた短筒を憶えておいでですか。あれが最新式だったんです。厳しく吟味をしたところ、七木屋に出入りしている横浜の売込問屋があることを白状しまして」

七木屋は深川の材木商で、ひとだま騒動の後ろ盾になっていた。だが、材木商では最新式の短筒を手に入れられない。

「それが横浜の文殊屋だと？」

「丑松は名を聞いたことがあるだけで、文殊屋福蔵の顔は見ておりませんが」

藤代が足を止めた。湊の側には屋敷や蔵が建ちならんでいるが、反対側は雑木林で周囲に人影はない。

「急に異人見物などと申し、尾州様の名まで騙って関所をくぐり抜けたのには理由(わけ)があります」

唇をひとなめし、藤代が圧しだすようにいった。

「今夜、生糸が納められ、代金として鉄砲が文殊屋に渡ります。その鉄砲を買い付けに……」

「高杉が現れるわけですね」

道中三味線の客が高杉と決まったわけではないが、誠之進は何となく胸騒ぎを覚えていた。

昔から勘の悪い方ではない。

きわは今まで見たこともない簪(かんざし)や笄(こうがい)で高く結った髷を飾り立て、金糸銀糸で刺繡(ししゅう)を施された目もくらみそうな打ち掛けを羽織っていた。

着飾ったあと、とみに手を引かれ、階下に降りた。そこには磨きあげられた板張りの広間があった。大きな寺の本堂ほどの広さがあったが、仏像の代わりに石積みの炉が設けられ、さかんに火が燃やされていた。炉のわきには薪が積んである。

中央には細長いてえぶるが置かれ、きれいな布を張った椅子が並べられている。てえぶるの上には銀色の輝く皿や器が整然と配置され、何本ものロウソクが光を放っている。すっかり日が暮れたというのに昼間のように明るい。

とみがきわの手を握ったまま、かたわらに立っている。

やがて戸が開き、声が聞こえた。

「来たよ」

とみの声に胸を弾ませ、目を向けたきわは息が止まりそうになった。

最初に入ってきたのは、背が高く、恰幅（かっぷく）のいい男である。髪は黄色、顔は赤く、鼻が高い。目は玉石のような碧色（あおいろ）をしていた。

ひと月前、大戸屋に突然現れた、あの男こそ、狐憑きといわれるまでにきわを狂わせた原因（もと）に違いなかった。

天狗……。

あのときと同じ言葉が浮かんできて、きわはふっと目の前が暗くなるのを感じた。

四

屋敷が建ちならぶ横浜の新興商人街を回ったのち、誠之進は藤代とともに今朝神奈川の関を越えた直後に着替えをした寺に戻った。

ここで夜を待つといわれ、その間、藤代が横浜が漁師村から屋敷街に変わった経緯を教えてくれた。屋敷や蔵は幕府が急遽こしらえたもので、外観は江戸市中とさして変わりなかったが、中身はかなり違うという。部屋の床や壁、天井の造りは異国風とされ、家具調度、食器、そのほか雑貨にいたるまで異人たちが持ちこんだらしい。

寺が用意してくれた夕餉を早めに済ませたあと、藤代が部屋の隅に置いてあった柳行李を誠之進の前に置き、蓋を開いた。

「こちらに着替えていただきます」

並べられたのは筒袖、野袴で、今まで見たものより袖、裾ともに絞られており、ほとんど手足にまとわりつかんばかりだった。さらに手甲、脚絆までが用意され、すべてが黒と見まごうばかりの濃い藍に染められている。

まるで芝居に出てくる忍び装束じゃないかと思った。だからあえて訊ねた。

「で、覆面はどこですか」

にやりとした藤代が懐から手ぬぐいを出した。これまた濃い藍で染められている。装束を着け、手ぬぐいで頬被りすれば、忍びか盗人だ。しかし、闇に溶けこむのに都合はよさそうだ。

「はい」

「誠之進殿にあらかじめお断りしておかなくてはならないことがあります」

藤代の口元から笑みが消えた。

誠之進は膝を正し、背筋を伸ばした。

「我らが役目はあくまで見ることにござる。英吉利人の屋敷に高杉が現れ、文殊屋を介して鉄砲の取り引きをしたとしても手出しはできません」

「なにゆえ」

「異国との約定にござる。塀の内側で何が起ころうと外国奉行はもとより我らも一切手出ししない……」

藤代が誠之進の目をのぞきこんできたので黙って見返した。

「なぜならそこでは何も起こっていないからでござる」

「なるほど。何も起こっていないのなら眺めているより仕方ありませんな」

たとえ屋敷にきわがいたとしても手出し無用ということだ。

誠之進はふたたび訊ねた。

「屋敷の中に入る手立ては何かおありになりますか」

藤代が首を振る。

「まずは塀の上に身を潜めて様子を見ることになりましょう。屋敷に入るか否かはそのときに決めます」

うなずき返した誠之進に藤代がたたみかける。

「進むも退くも私が決めます。誠之進殿には不本意なことが起こるやも知れない。しかし、どこまでも私に従っていただきます。よろしいか」

「それも承知しました」

藍色の装束に身を固めた誠之進はキセル筒を帯に差した。革の莨入れには指弾が入れてある。

一方、藤代が柳行李から取りだしたのは奇妙な棒状の物だった。

「何ですか」

「私の得物です。ご覧になりますか」

差しだされて受けとった。

ずしりと重い。一尺余の樫の棒が二本、それが頑丈そうな黒い紐(ひも)でつながっている。キセル筒よりわずかに太いくらいで八角に削ってあった。

藤代が手を出したので返した。

右手で二本の棒を握った藤代が一振りする。一本は握ってあったが、もう一本はぽんと飛んだ。だが、飛んだと見えただけで紐でつながっているので、まるで勢いよく樫の棒が伸びたように見える。三尺――大剣以上の長さだ。

息を噛んだのは、空気を切り裂く音だ。

くるりと回転した樫の棒がふたたび揃い、ぶつかり合う鈍い音を立てたときには藤代の手の中に戻り、元の長さになっている。

「まるで如意棒ですな」

絵本物語で猿の化身が振りまわす棒だが、大なるときは天空を支え、ふだんは耳の穴に入るほど小さくなる。思い通りに伸縮するところから如意を冠されていた。

「如意棒ではなく双節棍といいます。琉球に古来伝わる武具ですよ。畳めば、ごらんのように誠之進殿のキセル筒と同じくらいの長さで腰に差していても邪魔になりません」

「だが、ひと振りで倍以上の長さになる」

キセル筒には真似のできない芸当だ。そして空気を切り裂く音を聞けば、神速ぶりは想像できた。しかも堅くて重い樫の棒である。まともに打たれれば、手足はちぎれ飛び、頭蓋など簡単に砕けてしまうだろう。

「まあ、見ることのみが役目なれば、使うこともござらぬが、用心に越したことはありませんからな」

日がすっかり暮れ、周囲が闇に呑まれた頃、二人は庫裏を出た。

ひと月ほど前のことだ。大戸屋にやってきた客の一人がきわについた。生糸を扱う商人だとはいったものの屋号もどこから来たかも口を濁すばかり、それでは何とお呼びすればよいのかと訊くと、福蔵とでも呼んでくれといわれた。

裕福な蔵という意味だといって浮かべた笑みがいかにも人を小馬鹿にしている感じがした。だが、客は客、きわは料理と酒を載せた膳部を用意し、酌をした。何度か盃のやりとりをしたが、つねに上下させている福蔵の膝が気になった。

『床急ぎは野暮ってもんでございますよ』

そういったが、憮然とした顔をしただけである。

きわはそれほど酒に強い方ではなかったが、それでも五合や六合飲んだくらいで酔っ払ったことはなかった。ところが、どうしたわけか、その夜にかぎって酒の回りが早かった。徳利に半分ほど、それも福蔵と差し向かいで飲んだだけなのに眠気が湧きあがってきて目を開けていられなくなった。

何度もまばたきし、何とか目を覚まそうとしたのだが、うまくいかなかった。

ちょいとごめんなさいましと断り、手水に立とうとしたが、口も咽も痺れて声が出ず、立ちあがろうにも膝に力が入らなかった。

どうしたのかしらと思っているうちにふっと目の前が暗くなり、そのまま深く眠りこんでしまった。

躰を強く揺すぶられて目を覚ました。

妓が客を放りだして眠りこんでしまったのではさすがにしゃれにならない。詫びようとして自分がすでに丸裸にされ、寝かされているのに気がついた。しかも左右に大きく開かれた両足の間に客がのしかかっている。

眠りこんだにしてもほんのわずかの間だと思ったが、思いのほか長く、深く寝入ってしまったようだ。

そのとき、匂いに気がついた。

まるで馬小屋にでも入れられたような獣臭さだ。相手を押しさげようと手をかけ、ぎょっとする。それまで上に乗っているのが福蔵だとばかり思っていたのだが、腕が丸太ん棒のように太く、おまけにみっしり毛が生え、ざらざらしていた。

枕元の行灯（あんどん）が照らす男の顔を見て、きわは大きく目を見開いた。叫ぼうとしたとき、鼻から顎にかけて大きな手で押さえつけられた。

天狗……。

鼻が異様に高く、落ちくぼんだ目が碧の光をたたえている。

こ、ことが済むまできわは押さえつけられたまま、男のなすがままにされていた。男の鼻や顎からは汗が滴り落ち、食いしばった歯の間、大きく広がった鼻の穴から熱い息が吹きだしている。

そして果てるとき、野太い雄叫びを上げ……。

身じろぎもできずたった今広間に入ってきたあのときの天狗を見つめていた。見間違いようはない。すぐ後ろに福蔵もついてきている。福蔵がきわを見て、にやりとした。

「さあ、あちらへ」

とみが手を握りかける。

ひと月前の恐怖が甦ったきわは悲鳴を上げ、とみの手を張って、払いのけた。とみの目が吊りあがり、こめかみにミミズが蠢く。

「何しやがんのさ」

つかみかかってきた手を躱し、肩に載せていた打ち掛けから両腕を抜いてとみの頭に被せた。

周囲が騒然とするのもかまわず分厚い草履を蹴り脱ぐや天狗、福蔵が入ってきたのとは反対側の戸口に向かって走った。戸は左右に開かれており、うす暗い廊下につづいている。どこへ通じているのか皆目見当もつかなかったが、走るよりほかなかった。

廊下を駆けぬけ、裏口とおぼしきところに出る。木戸を開き、外に飛びだした。

目の前にちらちら火が燃え、その周りに暗い影がいくつか立っていた。左に動く影が見えた。炎の照り返しをわずかにあびた巨大な牛だ。

きわは牛に向かって駆けだし、叫んでいた。

「お助けくださいまし」

牛に向かって助けを求めた恰好である。


英吉利人の屋敷は切りだした石を一間半ほどの高さにみっしり積み、幅もたっぷりととってあった。城塞のように立派で頑丈そうな塀を見ただけで、洋銀や異国の宝物が収められているのだろうと想像がつく。

誠之進は藤代とともに塀の上に敷かれた瓦に身を伏せ、眼下の様子をのぞきこんでいた。藤代の手下たち――今回の横浜行だけで何人配置されているのかはわからない――が見張りをつづけており、夜間になると表門が固く閉ざされているのを確認している。そのため誠之進たちは湊から一本奥の通りから屋敷の裏側へ回っていた。

ちょうど裏庭を見渡す恰好になる。

屋敷の裏口の前には、灯(あか)りと暖を採るためかことさら盛大にかがり火が焚かれている。揺らめく炎を前にして男が四人並んでいた。しきりに話をしていたが、塀の上に潜む誠之進にははっきり聞きとれなかった。いずれの男も小袖にぶっ裂き袴、長大な剣をかんぬきに差している。

屋敷の裏手は雑木林になっており、その中に小屋が建っていた。宏大（こうだい）な屋敷と比べて小屋というだけで幾部屋かありそうな立派なものだ。小屋の前には牛がつながれていた。屋敷の前を通りかかったときに入っていくのを見かけた牛に似ているような気もしたが、誠之進の目にはどの牛も同じに見えるので自信はなかった。

「高杉は来ましたかね」

誠之進は圧し殺した声で訊ねた。

「おそらくまだでござろう。朝から屋敷の前は手下たちが見張っておりましたが、それらしき男が出入りした様子はない。表門は閉ざされたままだし、そちらも見張っているので動きがあれば知らせてくるはず」

藍染めの手ぬぐいで頰被りをしているので二人とも声はくぐもっていた。わずかに顔を上げ、裏木戸を透かし見た藤代がつづける。

「あちらから来れば、見落とすことはありますまい」

かがり火を前にした男たちに気取（けど）られている様子はない。屋敷の周囲には藤代の手下たちが散っているので騒ぎがあれば、いち早く知らせてくるはずだ。

誠之進はさらに低い声でいった。

「かがりは高杉を迎えるためかも知れませんね」

「おそらく」

誰かがおかしなことをいったものか、かがり火を前にした男たちの間から笑い声が起こった。ずいぶんのんびりしているように見えるのは、外国方、町方の両奉行所がともに目をつぶっているのを知っているためだろう。

そのとき、屋敷の裏口辺りが騒々しくなった。

かがり火の前の男たちに緊張が走る。

裏口から人影が飛びだしてくる。かがり火の照り返しを受け、立ちすくんだのは女だった。きらびやかな小袖を着て、髪を高く結いあげていた。簪や笄を何本も差しているらしく顔の周囲がきらきら光っている。

女がかがり火と男たちを見て目を見開く。

「きわ」

思わずつぶやき、動きかけたとき、藤代が誠之進の腕をつかんだ。凄まじい力で指が食いこんでくる。

横顔がかがり火に浮かんでいる。冷淡ともいえる落ちついた表情が横目付手代という役目を語っている。

歯がみし、誠之進はふたたび瓦に伏せた。今はきわを見守っているしかない。

「お助けくださいまし」

小屋がある雑木林に向かって駆けだしながらきわが叫んだ。まるで牛に助けを求めているように見えた。

だが、いち早く動いた四人の男たちがきわの前に回りこむ。

きわはふたたび立ちどまるしかなかった。


男が四人、目の前を塞ぐように立っていた。いずれも長大な剣を差している。小袖に短い袴という恰好だが、裾がほころびていたり、ところどころに破れもあった。鬢が乱れ、髪が広がっている。どの顔も一様に黒く、目だけを光らせ、それでいて薄笑いを浮かべている。

ひときわ躰の大きな男がわずかに前に出た。

「おや、どこへ行きなさる」

きわは唇を震わせたが、声にはならなかった。

男が顎をしゃくって屋敷を指す。

「お戻りなさい」

後ろで足音がしたかと思うととみが甲高い声で叫んだ。

「このアマァ、なめた真似しやがって」

伝法な口調が地なのだろう。

ふり返るととみの背後に二人の男がいた。縞の着物に町人風の髷姿だが、目つきは剣呑だ。それでも前を塞ぐ四人組より多少身なりはいい。いずれも今まで目にしたこともない顔だが、とみ、あるいは福蔵の手下たちなのかも知れない。

「うっせえなぁ」

前を塞ぐ四人の男たちの背後から声が聞こえ、きわはふたたびふり返った。

いつの間にか一人の男が浪人風の男たちの後ろに現れている。はっとした。今日の昼間、牛を曳いてきた色白の男だ。

すぐ後ろに小柄な老人があとを追うようについてきて、抑えた声で叱った。

「とし、いい加減にせんか」

だが、としと呼ばれた男はふり返りもせず、前にいる四人組、きわ、そしてきわの後ろのとみと二人の男を順に眺めまわした。

「人がいい気持ちで寝ているところを邪魔しやがって」

そういって足下に唾を吐く。

四人組の一人が向きなおった。早くも長刀の鍔元(つばもと)に左手をかけている。

「日野(ひの)の蚕百姓づれが。大人しく小屋に戻って寝ておれ。お前には関係ないことだ」

だが、としは耳の穴に小指を入れ、動かしたあとに抜いた。かがり火に指先をかざし、親指とこすり合わせるとふっと吹いていった。

「今、何つった？」

「蚕百姓づれだ」

「お前らだって、いずれ似たような者だろうが」

せせら笑っている。整った顔つきに冷笑がよく似合った。

「黙って聞いておれば、図に乗りおって」

「ちっとも黙ってねえだろうがよ」

「許さん」

ほかの三人がざわつく前に長剣を抜いた。かがり火を反射して白刃がぎらぎら輝く。

きわは息を嚥んだが、としは平然とし、薄ら笑いを浮かべている。

「ほう、抜いたね。どうする？　斬るか。斬れば、あとあと面倒だぜ」

「馬鹿が」刀を抜いた男がせせら笑う番だった。「百姓づれにはわかりもしないだろうが、ここは異人館よ。奉行所だろうが、幕府だろうが、一切手出しできない」

「本当か」

そういったとしの顔が輝く。きわにはとうてい信じられなかったが、抜き身を鼻先に突きつけられていながら実に楽しそうな笑みを浮かべたのだ。

「それならそうと早くいってくれりゃいいものを」

そういうととしは小屋の前に積みあげてあった薪を一本引き抜いた。一尺余ほどの長さがあるが、片手でつかみきれないほどの太さがあった。二、三度振ってみて満足そうにうなずく。

「これでいい」

ふたたび老人が鋭くたしなめた。

「とし」

「いいんだよ、叔父貴（おじき）。おれはちょいとむしゃくしゃしてるんだ。憂さ晴らしに持って来いだぜ」

としがいいおわらないうちに刀を振りあげた男が野太い叫びとともにつっかけていく。きわには何が起こったのかわからなかった。まばたきする間もなかったからだ。としは刀を振りおとしてきた男のわきに立っていた。

刀を振りおとした男が立ち尽くしている。

としが手にした薪が男の顔面を潰し、半ばほども埋まっていた。

五

誠之進は目を瞠（みは）った。

ちらちら揺れているとはいえ、かがり火が盛大に燃えているので男――そばにいた年寄りがとしと呼ぶのは聞こえた――の動きを見てとるのはさほど難しくなかった。振りおとされる切っ先を鼻先すれすれで躱し、相手の懐に飛びこんで薪を叩きこんだのだが、速く、そして無駄がなかった。

「天然理心流を使うようでござるな」

藤代が低い声でいう。流派名は聞いたことがあった。目を向けた誠之進に藤代が小さくうなずく。

「見切りとさばきを身上とします。目が良く、躰が動くことは必定ですが、何より白刃の下に平然と踏みこんでいく度胸……、果断さが必要」

「なるほど」

「それと薪にござる」

「薪？」

「理心流の木剣は、まるで丸太ん棒……、刃はもとより柄にあたる部分までわきから摑むのが精一杯というほど太い。おまけに長いんです。三尺か四尺もある」

「それでは速く振れないでしょう」

「その代わり一撃でも食らえばひとたまりもない。手足は簡単に折れ、落命もあり得る。躱すか、受けるしかない。理心流に稽古なし、常在戦場、つねに真剣勝負あるのみと吹聴しておるといいます」

としは浪人体の男に日野の蚕百姓と呼ばれたのが気に入らなかったようだ。天然理心流が多摩、武州で盛んに行われていると聞いたことはあった。

「しかもやっとう一筋ではなく、なかなか抜け目ない。周りがよく見えておる」

そういって藤代が屋敷の方に向かって顎をしゃくった。いつの間にか裏庭に面した障子戸が開いている。部屋の中は真っ暗で透かし見ることはできなかった。

「私が見たところでは二挺、ひょっとしたら三挺。英吉利人が持っている以上、元込の連発でしょう」

誠之進はあとを引き取った。

「だが、どんなに優れた鉄砲でも木の陰にいる者は撃てない」

一人目を倒したあと、としがさりげなく木立に戻り、立木を背負っている。浪人体の三人がかがり火を背にぽかっと開けた場所に立っているのとは対照的だ。

としという男、知謀知略にも長けているようだなと誠之進は胸底でつぶやいた。

蚕百姓といわれて怒ってみせたのは、浪人四人組の注意を惹きつけるためだ。さらに挑発的な言葉をくり返し浴びせた上、相手が抜いたと見るや自分は薪を手にしている。太さは理心流の木剣ほどにしても長さは三分の一ほどでしかない。近接戦闘ができるだけでなく、軽く、短い分、速く振れる。

一撃で相手の顔を叩きつぶしたのは、その速さゆえだ。

そのとき、裏口にいた男が懐から短筒を取りだし、木立に立つ、としに狙いをつけた。

間にはきわが立っている。

躰は自然と動いた。すでに手の中には指弾を握りこんでいた。瓦の上で上体を起こした誠之進は三発同時に放った。距離にして五、六間、しかもかがり火だけが頼りだったが、外す気遣いはなかった。

指弾は三つとも男の顔面、咽、肩に命中する。短筒を放りだした男が濁った悲鳴を漏らし、両手で顔を押さえてしゃがみ込んだときには、誠之進は元通り瓦に身を伏せていた。

「申し訳ない。つい……」

「あれを」

さえぎるようにいった藤代が屋敷を顎で指した。しゃがみ込んでいる男を突き飛ばすようにして、さらに五、六人ほども出てきた。手に手に匕首や短筒を持っている。

としを囲む三人の浪人者がじりっと間合いを詰めた。最初に打ち倒された一人は微動だにしない。

きわが相変わらず立ち尽くしていた。

塀際にでも逃げないか――誠之進は胸の内できわを叱った。

「こうなってはもはや捨てておくわけにはまいりませんな」

意外な言葉に思わず藤代を見た。腰の後ろから双節棍を取りだす。

「見るだけ、と」

「おや」藤代が眉を上げた。「最初に手を出したのは誠さんじゃねえですか」

またしても言葉遣いが変わった。

「私らの恰好をご覧なさい。どう見たって盗賊だ。そしてあの屋敷には洋銀が唸るほど眠ってる」

誠之進は口をぽかんと開けていた。

「屋敷の二階は、半ちゃんにおまかせあれ。誠さんはあの娘さんをお助けなさい」

そう告げると藤代が瓦の上を移動していく。一切音を立てず、躰を低くしたままだがあっという間に屋敷のわきに達した。

きわの悲鳴が上がった。

目をやった。

浪人者がそろって抜刀し、同時に裏口の男たちがきわに迫る。誠之進は右手に指弾、左手にキセル筒を握り、塀から裏庭へ音もなく舞い降りた。

声も出せずきわは呆然と目を見開いていた。長刀を抜いた三人の浪人が迫り、そのうち二人が奇声とも悲鳴ともつかない声を発しながらとしに襲いかかっていったのだ。またしてもきわの目にはとまらない速さでとしが動いた。

一人目が突いてくる刀を躱し、すれ違いざま、脳天に一撃を加えると、二人目との間を詰め、上段に振りかぶったまま、醜いほどに大きく目を見開いている相手の顔の真ん中を薪で突いた。二人目が後ろ向きに倒れこむ間にふり返りもせず棒立ちになっている一人目の後頭部に薪を叩きつける。

きわには頭蓋がぐしゃりと砕ける音が聞こえそうだった。

だが、としは三人目の長刀を構えている男を睨みつけていた。ふり返らずに一人目を倒した理由がここにある。

刀を構えたまま、鼻から激しい息を吐きつつ三人目の男が動けなかったのは、としの眼光に射すくめられていたからに他ならない。躰が震えているのが夜目にもはっきりとわかるほどだ。

強い——きわは自分の置かれている立場を忘れ、胸の内でつぶやいていた。

強いはずである。日野の蚕百姓としこと、土方歳三(ひじかたとしぞう)はこれより三年後、浪士隊の一員として京へのぼり、さらに新選組副長として名を馳せることになる。家業にはさっぱり力の入らなかった歳三だが、実戦剣法天然理心流では目録までしか進んでいなくとも喧嘩では一度も負けたことがない。

たとえ、相手が真剣(だんびら)をかまえていようと——。

しかも白面のいい男である。ぼうっと見とれていたきわだったが、いきなり突き飛ばされ、転がった。簪や笄が抜けて散らばり、小袖が泥まみれになる。

「何を……」

顔を上げ、怒声を噛む。

背を向けて、きわをかばうように立つ誠之進が突きかけてきた男の匕首を払っているのは、きわにも馴染みがあるあのインチキキセル筒だ。

誠之進も強かった。またたく間に二人を叩きのめし、逆手に持ったキセル筒越しに裏口に立つとみとほかの男たちを見ている。

殺気だった中、ふいにのんびりした声が聞こえた。

「異人館のうちとはいってもずいぶん派手にやってるねぇ」

寝転んだまま、きわは顔を向けた。

大小刀を差し、懐手をした男がかがり火の照り返しを受けて立っている。

思わず声が漏れた。

「道中様」

怪訝そうに眉根を寄せた道中様がきわに目を向けた。気がついて、にっと頰笑む。

「小鷸じゃないか。何やってるんだ、こんなところで」

「いえ……」

それ以上つづかない。道中様に会えると聞かされ、大戸屋を抜けだしてきましたともいえない。

「それにしてもその道中様ってのは何だい？」

道中様というきわの声に誠之進は後ろを見た。

いつの間にか三人目の浪人者は消え、二本差しの武家が立っている。かがり火の光を浴びているが、一向気にしている様子はない。きわが惚れたという道中三味線の男、高杉というのはこの男か。

あまりに堂々、超然とした姿にとしも気を呑まれたのだろう。相変わらず木立の中にあったが、無防備に立ち尽くしている。無防備という点では高杉の方が上だ。周囲でこれだけ騒ぎが起き、血の匂いが立ちこめているというのに平然として……、いや、笑みさえ浮かべてきわと話をしていた。

ようやくとしが口を開いた。

「誰だ、てめえは」

「トウギョウ」

「はあ？」

「東に行くと書くから東行だ」

高杉晋作の号に東行がある。実際、江戸に出てくるときにはよく用いたといわれている。

「どこから現れやがった」

「西から」

今度はとしに向かってにっと笑う。ついでとしがぶら下げている薪に目をやった。

「ずいぶん変わった得物だな」

「案外馬鹿にしたもんでもない」

「わかってる」道中様がうなずいた。「ずっと拝見してたからね」

「やるか」

「まさか。儂は商売の話をしに来ただけだ」

そう聞いてとしが薪を捨てた。またしても見切りだと誠之進は思った。高杉の様子に浪人者とは格違いの強さを感じたのだろう。

「女は？　以前からの顔見知りのようじゃないか。買い付けに来たのは女じゃないのか」

「いやいや」高杉は照れ笑いを浮かべた。「今まで何度か品川でいっしょに酒を飲んだが、この女人は駄目だ」

きわがぴくりと躰を震わせ、次いでのろのろと上体を起こした。

「駄目ってのは、どういうわけだ？」

すぐには答えず高杉がきわに目を向ける。

「この人には思い人がいてね。とても儂など入りこめないよ」

それから誠之進を見た。口元は笑っているが、炎を映す眸（め）は澄みきり、人を刺す鋭さに満ちていた。

「ね？」

高杉にそういわれたものの誠之進は何とも答えられなかった。高杉のいうきわの思い人というのが誰を指すのか見当もつかなかった。思い人というなら道中三味線の男、高杉その人ではないのか。

だが、動けなかったのは混乱していたからではない。

それほど背が高い方ではなく、大男でもなく、むしろ痩せぎすであった。懐に入れた両手も出してはいない。それでいて誠之進もまた気を呑まれていた。

いったい何者なのか……。

思いかけたとき、地面が揺れ、周囲が背後から明るく照らしだされた。屋敷に目をやった直後、裏口にたむろしていた男も女も中から噴きだしてきた紅蓮（ぐれん）の炎に吹き飛ばされ、さらに嚥みこまれてしまった。

声も出せずに見つめていると後ろで高杉がのんびりいう声が聞こえた。

「やっぱり異人館を焼くときは貯めこんである煙硝に火を点けるのが一番だな。江戸っ子なら玉屋とか鍵屋とか声をかけるところだろうけど、何しろ無粋な田舎者……」

　ふたたび巻き起こった爆発音に高杉の声はかき消されてしまった。


　裸の女を後ろから眺めるのが誠之進は好きだった。すっと伸びた、背中の優美な線、上げた腕の腋の下からのぞく乳房、血の色が透けそうな白い肌――しかも汀なら文句のつけようがない。

　横浜から帰って三日が経っていた。汀の支度部屋に呼ばれる前に庄右衛門に会った。きわが元通り元気になったと礼をいわれたが、自分が何をしたのか、今もってよくわからない。

　いや、元に戻ったのなら小鶸かと思いなおす。

　湯上がりの汀が鏡の前でべったり座り――しどけない姿態は支度部屋でしか目にできないだろう――、浴衣の上だけをはだけている。変に恥ずかしがる風はなく、これみよがしに見せびらかしているわけでもない。これが私、見たいならどうぞという感じだ。

　洗い髪をまとめて簪でとめ、白粉で眉も唇もすっかり塗りつぶされているのが少しおかしい。

　裸の汀を眺めながら誠之進はことの顚末を問わず語りに話した。小鶸の様子がおかしいと庄右衛門から相談を受け、汀から道中三味線を見せられ、西国から来た男が小鶸に渡したといわれた。

道中三味線の風呂敷包みは今も部屋の隅に置かれている。

西国から来た男というのが気になって、知り合いに訊いてみたと誠之進はいった。藤代の名前はおいそれと出すわけにいかない。そこから横浜に行き、異人館での騒動になった。

「世の中にはいくらでも強い奴が隠れているもんだ」

誠之進は日野の蚕百姓としを思いうかべながらいった。

幼い頃から剣の稽古に励み、名の通った道場で免許をもらっていたとしてもいざとなるとからきしということがあるらしい。大老井伊掃部頭が襲撃され、首を取られた夜の話は聞いていた。互いに抜き合わせたものの日頃の修練はどこへやら、ひたすらえいやえいやと押し合いへし合いするだけだったという。

それでも襲撃する側は周到に準備し、やるぞと気合いをかけて突っこんでいく。受ける側には何の準備もなく、昨日と同じ今日を迎えただけに過ぎない。しかもあの日は桃の節句には珍しい大雪で、井伊掃部頭の乗り物周りを警護する藩士たちは、いずれも笠を被り、蓑を羽織った上、大小刀には革の柄袋を被せていた。

たった一人、掃部頭の乗り物わきにいた藩士だけが、左右の手に大小刀を握り、練達の技を振るったという。しかし、道場での試合と違って、一人ずつ順番に正面からかかってくるわけではなく、背中から斬りかかり、突いてもきただろう。三人まで斃しながら傷を負い、その日のうちに絶命したと聞いている。

　心身ともに準備万端でかかっていったはずの襲撃者たちは刀より先に短筒を使い、結局は合図の代わりに放った初弾が掃部頭の腰から太腿にかけて貫通、それだけで虫の息になったらしい。

　だが、としは違った。薪一本で長剣を手にした浪人者を二人まで倒した。二人が死んだのか、生きながらえたのかはわからない。少なくともあの夜、二人は倒れたまま、ぴくりとも動かなかったのだけは確かだ。

「強いって、誠さんよりも？」

　汀が白粉を塗りながら訊く。

「試合と命のやり取りとはまったく違う」誠之進は素直に認めた。「喧嘩だな。殺すか殺されるか……、殺さなければ殺される。防具を着け、竹刀で立ち合うなら勝てるかも知れん」

「抜き身なら？」

「やり合いたくないね」

「へえ」

　汀がつぶやく。命をかけた斬り合いより白粉の乗りの方がはるかに気になる様子だ。

「道中三味線の人には会ったの？」

「ああ」

「どんな人？」

「あんたが教えてくれた通り西国から来た男だった。私の知り合いがいっていたんだが、あの男が横浜に現れた目的は二つあったそうだ。一つは最新式の鉄砲を仕入れること、もう一つは異人の屋敷を焼き払うこと。攘夷の実行だそうだ」

　鉄砲を手に入れることはできなかったが、異人館は焼いた。

「誠さんの知り合いって、まるで公儀隠密だね」

「そうかね」

　苦笑いでごまかす。

　屋敷が突然火を噴き、その後、丸焼けになった。そのとき裏口にたむろしていた数人の男女はいずれも炎に包まれ、吹き飛ばされた。手足がちぎれた者もいた。女の首が地面に据えられたように立っていたのを誠之進は見ている。髪は乱れて目を剝き、食いしばった歯が血に染まっていた。

　高杉、文殊屋の番頭と手下たちは、奉行所が押っ取り刀でやって来たときには姿を消していた。もっとも誠之進にしても藤代から話を聞いただけだ。役人たちが来る前にきわを連れ、屋敷を脱けだしていた。

すぐ前をとしと老爺（ろうや）が黒牛を急かしながら逃げていった。

藤代を気遣う余裕は誠之進にはなかったが、怪我一つなく逃げおおせている。その後の異人屋敷や中にいた連中の消息を教えてくれたところからすると燃える屋敷から最後に離れたのが藤代なのだろう。

一つだけ惜しかったのは、藤代が双節棍を使うところを見られなかったことだ。

高杉とはもう一度会うことになるかも知れないといっていた。萩藩毛利家を見張るのが役目であれば、目を離すわけにはいかないのだろう。

いや、宿業というべきかと思いなおす。

きわのかたわらに立った高杉の声が脳裏に甦る。

『この人には思い人がいてね。とても儂など入りこめないよ』

間をおいて、ね、と付けくわえたものだ。

赤々と燃える炎を宿した眸の鋭さには、いまも背筋がひやりとする。

一通り話しおえると汀が訊いてきた。

「小鶺には思い人がいるって？」

「私はてっきり道中三味線の男だと思っていたがね」

「野暮天」

鏡の中で汀が睨んでいる。眉間に険悪の雲が広がっていた。

わけがわからないまま、誠之進は支度部屋を追いだされた。

大戸屋を出て、街道をぶらぶら歩いていると橘屋の前に徳が立っていた。

「ご活躍だったそうですね」

「いや、うろうろしてただけだよ」

「それでも小鷂が戻ったじゃありませんか。それが何よりです」

「主にも会ったが、元通りになったといわれた。まあ、これで良かったのかな」

「そうですね」

そういったものの徳の表情が暗くなった。

「どうかしたのか」

「聞いた話ですがね、小鷂がまた稼業に精を出すようになったのは故郷(くにもと)から便りがあってからだとか」

「親御さんも騒ぎを知ったのかな」

「いえ。何でも親父が中気を患って寝こんだようでさ。それで小鷂は旦那さんにさらに前借りを増やしてもらった」

「大変だな、そりゃ」

「偽りにござんしょう」

徳がにべもなくいう。

「どうして偽る？」

「金を送らせるための方便でさ。妓たちは尻尾のない狐といわれやすが、その狐は家族の嘘を食って生きていやすんで……」

かつて徳がいっていた。

母親が品川で食売女をしていた、と――。

第四話　円

一

　土ぼこりを巻きこんで、さっと吹き抜けていく風に誠之進は思わず首をすくめ、背中を震わせた。

「ええい」

　低く罵る。

　すっかり冬だ。

　目の前を二人の武士が歩いていた。袷（あわせ）の紬には中綿の入った羽織を重ねている。おそらく北方の藩から来た勤番だろう。江戸っ子は男女を問わず脛（すね）にぼてっとからむ袷の裾を嫌い、田舎者の無粋と嗤（わら）う。

　祖父の代から江戸定番を命ぜられ、父、兄と江戸藩邸における藩主の側用人を務めてきた。江戸に生まれ、育った誠之進にしても袷を何となく嫌う心根はあるが、それでいて知らず知らずのうちに羨ましく思っているのだから世話はない。

「昨夜（ゆんべ）の粕汁（かすじる）はうまかった」

一人がいう。

「ああ、寒い日には腹の底から温まる」

誠之進は聞くともなく耳をかたむけ、器に盛られ、湯気を立てている粕汁を思った。

「儂（わし）の得意料理だからな」

「いつも感心する。儂はあれほどまでにうまく作れん」

同じ長屋にでも住んでいる二人組なのだろう。武士は市中の居酒屋で飲み、食うことをしない。ちょっとした料亭に行くのなら話は別だが、勤番侍の給金ではおいそれと足を踏みいれられない。一人が自ら得意料理といっていることからすると二人とも独り者か、国許に妻子を置いているのだろう。

今日は二人そろって品川宿へ遊びにでも来たのか。

「ところで、浜田のことは聞いているか」

「ご内儀のことか」

二人は声をひそめているつもりかも知れないが、すぐ後ろを歩く誠之進には筒抜けだった。

「あのご内儀も自らの勘違いとはいえ、可哀想なものだ」

「見初めた相手が弟の方とは知らずに親が持ちだした見合い話に乗ったんだからな」

「浜田も悪い。兄弟そろって遊びに行ったんだから」

「いや、あれはどうも浜田の策略らしいぞ。弟の方がいい男だというのはあいつもわかっている。だから内儀の実家に遊びに行ったときには、弟を立て、さも嫡男であるように振る舞っていたらしい」

「美人だからなぁ」

どうやら浜田某という男は美男の弟を連れて、美人娘のいる家に遊びに行き、その後、見合い話を持ちこんだものらしい。弟というのは部屋住みの独身者だったらしく、そこにややこしい問題が起こったようだ。

「結局、弟との間に不義はあったのか」

「さてね。本当のところなんかわからんよ。浜田の家にしても、内儀の実家にしても表沙汰にはできないだろう。あの次男坊、国許に養子に出されたそうだ」

「それで何もなかったことになるわけか。まあ、仕方ないだろうな」

何もなかったことにするにしてもずいぶんと違うものだと誠之進は胸の内でつぶやいた。

ひと月前、横浜で英吉利人の屋敷が焼け落ちたが、奉行所の調べが入ったものの火鉢の不始末ということでけりがついた。死人が一人もなかったのだからと奉行所もあっさり引き下がったらしい。

その後、父の隠居所で藤代に会ったときにいわれた。

『あの屋敷で生き残った使用人の一人が線香の匂いを嗅いだと申しておったそうにござる。仏壇も何もない場所で、どうして線香の匂いがするのか不思議だった、と』

線香が匂った場所こそ、英吉利人が大量の煙硝と油を隠してあった部屋のすぐ近くらしい。

ひょっとしてひとだまが出たか。

燃えあがる英吉利人屋敷から姿を消した高杉の行方を藤代はまだ追っているようだった。ほかにも異人館の焼き打ちやら異人襲撃やらを企てているようだが、なかなか尻尾をつかませないらしい。

水戸浪士を名乗る輩の辻斬り、押借り、火付けは相変わらず頻々と起きていて、市中には不穏な空気があったが、一方で目の前を行く二人組の勤番侍のように粕汁や知り合いの不義密通について熱心に話をしている。

おそらく攘夷をとなえ、異人襲撃を目論む輩より、寒い夜には粕汁をすすり、たまに品川宿へ羽を伸ばす連中の方が圧倒的に多いだろう。だからといって平穏、安泰だとはいいきれない。騒動はごく少数の者が起こす。

井伊掃部頭（いいかもんのかみ）の一件にしてもことを起こしたのは、せいぜい十数人でしかなかった。襲撃者たちは大老の首を取れば薩摩藩が動くという話を信じて実行に移したらしいが、薩摩は微動だにせず、この夏には水戸浪士の後ろ盾となっていた前の藩主、斉昭が病没している。

一寸先は闇とはよくいったものだ。何が起こるかわからないのが世の常とはいえ、天地がひっくり返っても品川宿に遊びに来る連中が絶えることはないような気がした。

おれは何をやっているのかと思いつつ、誠之進は大戸屋の門を入り、裏口に回った。声をかける。

「ごめんよ」

「はーい」

前に長屋へ誠之進を呼びに来た小女のせいが框に両膝をつき、にっこり笑みを浮かべた。

「いらっしゃいまし」

「ご主人を訪ねたんだが」

「はい。ちょっとお待ちください」

ていねいに頭を下げ、せいが奥に引っこむ。

早いもので先年亡くなった日本橋大店の隠居の一周忌になっていた。誠之進にとっては大家でもある法禅寺と日本橋の大店に頼まれ、狂斎に話を通して画会が催されることになった。

とんとん拍子に話が進み、一周忌の今日、未の刻八つ過ぎから大戸屋の広間で行われることになったのである。少し早めだったが、その後のきわ――小鵯の様子も気になったので、先に主人の庄右衛門に会って話をしようと考えていた。

もう一つ、気になることがあった。横浜から帰ってきて、騒動の顚末をすべて語った直後、どういうわけか汀の機嫌が悪くなって支度部屋から追いだされた。以来、一度も声がかからない。

呼ばれないかぎりのこのこ顔を出すわけにもいかない。画会の手伝いのため、大戸屋に来るついでにそれとなく庄右衛門に汀の様子を聞いてみる心算があった。

午を過ぎたとはいえ、画会が始まるまでまだ一刻ばかり間がある。

ほどなくせいが戻ってくる。

「今、旦那様は宴会の支度をしております。でも、すぐに参ると申しておりますので居間でお待ちいただきたいと」

「あいわかった」

せいにつづき、框に上がり、水屋のわきを抜けて廊下を進んだ。水屋といっても料理は台屋と呼ばれる仕出し屋から取るため、酒に燗をつけたり、汚れた器を洗ったりするくらいしかしない。

　廊下に膝をついたせいが襖を開けた。

「どうぞ」

「ごめん」

　誠之進は三畳間に入り、ぽつねんと置かれた長火鉢の前に腰を下ろした。せいが去り、待つほどもなく庄右衛門が部屋に入ってきた。

「お待たせをいたしまして」

「いや」

　庄右衛門が長火鉢を挟んで向かい側に腰を下ろす。高価そうな縞の着流しにそろいの羽織をきちんと着けている。

　ていねいに頭を下げる。

「今宵(こよい)はひとつよろしくお願いします」

「心得たといいたいところだが、会を仕切るのは品川宿の酔狂連でしょう。私は兄弟子の鮫次といっしょに師匠の手伝いをするだけですよ」

「そうはいっても誠さんはうちにとっては用心棒でございますからな。騒ぎが起こったときには、よしなにお願いしますよ」

「騒ぎが起こりそう？」

「何かと剣呑なご時世でございますからね。天狗なんぞと騙る連中が宿場を我が物顔で跋扈しております」

「客にそんなのが混じりそうな噂でもありますか」

「一応はあらかじめお話をいただいているお客様ばかり……、たいはんは近所のご隠居さんたちでございますが、どんなのが入りこむやらわかりゃしませんし、酒席ともなれば乱れることもございましょう」

河鍋狂斎は無類の酒好きとしても名が通っていた。もっとも誠之進の見るところ、狂斎の酒はひたすら明るく、お喋りが止まらない。もっとも喋る中身によっては、御公儀の気にさわることもあるらしい。これまでにも役人が神田の狂斎宅にやって来て、説教じみたお達しを告げていったことがある。

庄右衛門が声を低くする。

「それと今宵は山岡様もお見えになりますので」

「山岡様というと？」

「山岡鉄太郎様でございますよ」

「お玉が池の？」

「はい」

山岡鉄太郎の名は誠之進も聞いていた。お玉が池の玄武館、千葉周作道場一の遣い手で鬼鉄の異名がある。諸手突き（もろてづき）の凄まじさは市中の噂になっていて、飛ばされた相手が道場の羽目板を割ったといわれている。

「狂斎先生は相手が誰であっても物怖（ものお）じせずぽんぽんとやっつけておしまいになると漏れ聞いております」

「そこは大丈夫でしょう。うちの師匠は偉ぶってる奴を見るとからかってやりたくなるのが悪い癖ですが、山岡氏といえば名にし負う剣客だと聞いております。相手が本物なれば、心配には及びません」

　誠之進は首をかしげた。

「それにしても今宵は狂斎師の絵画会でしょう。そこに山岡氏がいらっしゃるのは、どういうわけで？」

「山岡様は剣だけでなく、禅と書でも著名な方だそうです。法禅寺のご住職がお知り合いだそうで、それで声をかけられ、書画会として催すことになったのでございます」

　絵師や書家が宴席に招かれ、客の求めに応じて即興で絵や書を披露する趣向があった。即興ながら決して少なくない対価が支払われることもあるが、もちろん絵師、書家の知名度、作品の出来不出来による。

　狂斎が名の通った絵師であることは間違いないが、果たして山岡鉄太郎は……。

　そう思いかけたとき、頭上から声をかけられた。

「茶の間遊びたぁおつじゃねえか。誠さんも隅に置けないね」

目を上げると戸口に立った鮫次がにやにやしている。鮫次は背が高く、頭を剃りあげている。酒が入ると頭のてっぺんまで真っ赤になり、うでたタコそっくりになった。

「何だ、その茶の間遊びというのは？」

「おいおい」鮫次が顔をしかめた。「誠さんだって遊里の用心棒だろ。野暮はおよしよ」

「野暮も何も茶の間遊びというのを知らん」

「馴染みがさらに深い付き合いになると主人の茶の間に通されて、そこで妓と差し向かい、おひとついかがなんてしっぽりやるって寸法だ。よほどの客じゃないと茶の間には通されないよ」

「たしかに差し向かいではあるが」

長火鉢の向こうで庄右衛門が苦笑する。誠之進はひと言断り、立ちあがった。

「師匠がお見えなのか」

「いや、まだだ。おれは一足先に来て誠さんといっしょにお迎えしようと思ってね。あんたの長屋に行ったんだけどいやしない。それで大戸屋に来たら茶の間にいるっていうじゃねえか」

「ここにはよく通されてる。庄右衛門殿と話をするときはたいていここだ。妓のいたためしはない」

結局、きわについても汀についても話を聞くことはできなかったが、またの機会にするしかなかった。

それより山岡鉄太郎の顔を早く見てみたい。

鮫次が表の階段に向かって顎をしゃくった。

「気の早い連中はそろそろやって来る頃合いだ。おれたちも広間へ行こう」

「うむ」

二人はそろって表階段に向かった。


大戸屋の斜め向かいにある料理屋の塀の陰に王風珉（ワンフウミン）は身をひそめていた。こわきに手文庫ほどの風呂敷包みを抱えている。目の前を二人連れの武家が声高に話しながら歩きすぎるのを待っていた。

「今宵もあの妓か」

「同じ旅籠で別の妓を呼ぶのはここらの掟に反する。そんなことをすれば、オハキモノにされるぞ」

「何だ、そのオハキモノってのは」

「オハキモノといっても草履や下駄のことじゃない。箒（ほうき）で掃く方のお掃き者だ。早い話、嫌われるってことだよ」

「しかしなぁ、この間の妓はひどかった。瓦みたいに真っ平らな顔をしててな」

世も末だとちらりと思う。武家が街道を歩きながら大声でお喋りしている図などみっともない。おそらくどこかの藩の勤番侍であろう。重たげな袷の紬に羽織には綿でも入っていそうだ。

身を隠したのは、二人組のすぐ後ろを司誠之進と名乗る浪人者が歩いていたからだ。大小を携えず風体はいかにも遊び人風だが、身のこなしからすれば武家に違いない。司が大戸屋に入っていくのを見たが、なおも塀の陰にたたずんでいた。

「お主はくわしいのぉ」

「これくらい知っておかないと田舎者と嗤われるぞ」

そういって一人が大笑いする。

往来で大口開けて笑い声を上げているようでは田舎者丸出しだ。

塀の陰から出ると街道を横断し、向かいにあった小料理屋に入った。草履を玄関の端に脱ぐと框を上がり、案内を乞うこともなく廊下を進んだ。水屋ののれんを上げ、仲居が顔を見せたが、王の顔を見ると小さくうなずいて引っこんだ。

廊下の奥の一室の前に両膝をつき、声をかけた。

「ただいま参りました」

「入ってくれ」

障子戸を開け、一礼する。

中には膳部を前にしてすでに飲みはじめている男――横浜文殊屋の福蔵が顔をしかめて手招きする。

「ご無礼いたします」

あらためて一礼したとたん、福蔵が怒鳴った。

「混蛋（フンダン）」

唐国北東部にある文殊国の言葉で、おれの前ではいつものお前に戻れとつづけた。

「我道　歉（ウオダオチイエン）」

王は座敷に入り、障子戸を閉めると福蔵の前へと進んだ。

「あの男は来たのか」

「大戸屋に入りました。今夜はキョウサイの画会があるそうで」

あらためて福蔵の顔を見る。顔の右半分が赤くただれていた。火傷（やけど）の跡だ。ひと月前、英吉利人の商館が焼け落ち、そのときに燃える梁（はり）が落ちてきて顔を焼いた。

「傷のお加減はいかがですか」

「もう痛みはない。生きているだけでも僥倖（ぎょうこう）だよ。ひどかった」

福蔵が舌打ちし、盃を空ける。王は傍らの徳利を取り、酒を注いだ。福蔵が受けながら風呂敷包みに目を向ける。

「持ってきたか」

「はい」

徳利を置き、風呂敷包みを前に出してほどいた。中には柳行李が入っている。蓋を取った。白い紙に包まれた球が八つ並んでいた。

「そいつのおかげで死にかけた」

福蔵が吐きすて、盃をあおる。

球にはまだ線香も火縄もつけていない。ふたたび王が酒を注ぐ。受けながら福蔵がぼやいた。

「あれほどの火勢とはな。先にいっておいてくれないと……」

「申し訳ございません」

王は小さく頭を下げた。

二

大戸屋の二階には、二十畳ほどの広間が二つあったが、広間を仕切る襖がすべて取りはらわれ、ひとつづきで倍の広さになっていた。湊に面した南側の障子は閉ざされ、柔和な光が隅々にまで行き渡っていた。

中央が広く空けられ、敷居を挟んで左右に席が一つずつ設けられていた。座布団の後方――窓際に緋毛氈の敷物が敷かれ、前には膳が置かれている。狂斎と山岡の席だが、どちらがどちらに座るのだろうと誠之進はちらりと思った。緋毛氈の上には紙も筆も置かれてはいない。

絵師、書家の席をぐるりと取り囲むように席が設えられており、鮫次のいう気の早い客が二、三人ずつかたまって思い思いの場所に座っている。書画会では最初に酒肴が出て、歓談し、場が温まってきたところで客たちは絵師たちのそばに寄って次々に題を出し、即興で絵や書が披露されるというのがだいたいの流れになる。そうして出来上がった書、絵は客たちが買い取るのだが、出題者が優先される。

客は粋人を気取りたい年寄りが多かったが、大店の隠居や役人あがりなので金は持っている。絵や書の出来が良く、そこに客の意地がからめば、競り合いが熱を帯び、思わぬ高値のつくこともあった。

広間は障子に向かって右の間にある床の間を背にした恰好で四席が設けられている。ほかの席に比べると左右の間隔が開き、ゆったりしていた。誠之進と鮫次は床の間のない広間の隅で膳のない壁際に並んで座った。すぐ前に年寄りの二人組がいた。

「こちらにございます」

廊下で声がして、床の間のある広間の襖が開いた。両膝をついた庄右衛門が手を添えた襖の陰から一人の巨漢が現れた。

「ごめん」

誠之進は目を瞠った。上背は鮫次を超え、ゆうに六尺五、六寸はありそうだ。身幅も鮫次に勝る。もっとも鮫次はぶよぶよのでぶだが、男は甲冑でも身につけているように一分の隙もなかった。

左右の鬢が禿げあがっている。いわゆる面擦れである。何年にもわたって剣術の稽古に励んできた結果に他ならない。それより誠之進の目を引いたのは、羽織、袴が古び、薄汚れていることだ。羽織の紋はくすんではっきり見えず、袴の裾がほつれ、畳に触れていた。

「ほう」

前に座っている年寄りのうち一人が感嘆の声を漏らした。

「噂通りのボロ鉄ですな」

ボロ鉄？　――誠之進は胸の内でくり返した。

今まで耳にしたことのある山岡鉄太郎の異名は玄武館の鬼鉄だけである。ボロ鉄というのは初めて聞いたが、なるほど粗衣ではあった。

もう一人の年寄りがボロ鉄とつぶやいた年寄りに顔を寄せてささやく。

「あれでお旗本だっていうんだから徳川家のお台所もなかなか大変なのでございましょ

うな」

「いろいろ騒がしゅうございますからな」

先に感嘆した年寄りが答える。

広間のそこここでささやき声が交錯したが、山岡にはまるで気にする様子が見えない。庄右衛門が案内する真ん中の席まで来た。庄右衛門がいうより先に床の間がない方の席へ行き、さっさと腰を下ろした。

庄右衛門が山岡のすぐ後ろに座る。

「それでは今少しこちらでお待ちくださいませ。皆さま、ほどなくおそろいになると思います」

「お手数でござった」

山岡が小さく一礼した。

その様子を見ていた年寄り二人組がふたたび感嘆する。

「さすが鬼鉄、堂々とされていらっしゃる」

「まさに春風駘蕩(しゅんぷうたいとう)ですな」

壁際に座る誠之進は山岡を右側から見る恰好になっていた。背筋をぴんと伸ばし、大きな両手を軽く握って太腿の上に置き、張った顎を傲然と上げているが、不思議と周囲を睥睨(へいげい)しているように見えない。茫洋(ぼうよう)とした眼差(まなざ)しゆえだろう。まさに前に座る年寄りがいうようにそこだけ春の風がおだやかに吹いている観があった。

鉄太郎は通り名だが、鉄舟の号が有名になるのはずっと後の世だ。四年前、剣の腕を認められ、幕府が設立した官営道場、講武所の世話役に就任している。まだ数え二十四、誠之進より一歳年少だ。

このときから八年後、江戸の無血開城にあたって、その前日、駿府（今の静岡県）まで進駐してきた薩長連合軍の総帥、薩摩の西郷隆盛に会っている。敵兵がぐるりと取り囲む中、大小を手挟んで、単身で乗りこんだのだが、あまりに落ちつき、堂々とした所作に誰もが気を呑まれ、手出しできなかったという。

後年、無血開城の一方の主役勝海舟は山岡に西郷宛の手紙を持たせ、それが翌日の不戦講和につながったとしているが、西郷が手にした手紙そのものはもとより、手紙の下書きすら残っていない。

維新後、明治政府は勝、山岡の両人を召喚し、このときの経緯を問いただした。

勝はいかに自身が江戸の災禍を避けるために尽力したかを立て板に水とまくし立てた。一方、山岡はなかなか政府の召しに応じようとせず、ようやく取調官の前に出たときもさらりと答えたのみという。

勝さんがそういわれているのなら、勝さんにはその通りなのでしょう——。

ほどなく庄右衛門が戻ってきた。今度は派手な法衣に身を包んだ老若二人の僧侶、上等で落ちついた縞の紬に身を包んだ二人の男をともなっていた。僧侶二人が障子戸の側、あとの二人が出入口に近い方に並んだ。

またしても前に座る年寄りたちがささやき交わす。縞の着物のうち、僧侶に近い方が亡くなった日本橋大店の隠居の息子で当代の主人、出入口そばに座ったのが番頭だという。

鮫次が顔を近づけ、低い声で訊いた。

「あの坊さんたちが誠さんの大家か」

「先代の住職と、今の住職だ」

でっぷり太り、歳をとっている方が先代だが、すでに代はとなりに座っている嫡男にゆずっている。

誠之進は顎のわきを掻いた。鮫次が訊く。

「どうしたい？　何だか浮かねえ顔してるな」

「まあ、ちょっとな」言葉を濁す。「それより先生はまだなのか」

「おっつけ来るだろ。今日は上等な酒が出るだろ。うちの先生が見逃すはずはねえ」

山岡のとなりは空いたままだったが、とりあえず酒肴が運ばれ、歓談が始まった。まだ狂斎は現れない。

やがて庄右衛門が先代住職に声をかけたが、先代は手を振り、大店の主の方に顔を向けた。大店の主が顔の前で手を振り、何かを固辞している。

始まりそうだなと誠之進は胸の内でつぶやく。

いかにも皆に押し切られたといったていで先代住職が立ちあがった。

「それでは、この場を借りましてひと言ご挨拶を申しあげます。先年黄泉に旅立たれたご主人とは……」

低く、渋い声ではあるが、とにかくとりとめなく長いのが先代住職の話だ。次第に客の皆が飽きてきて、広間がざわついていても先代はまるで気にする様子もなく、いつ終わるとも知れない話をつづけている。

そのとき、襖がすっと開き、狂斎が入ってきた。遅れたことで悪びれる様子などまるで見せず、前で手刀を切りながら進む。

「ちょいとごめんなさいよ……、ごめんなさいよ」

先代住職の前に来たが、足を止める様子はなく、わずかに腰をかがめただけで鼻先を通りぬける。

呆気にとられた住職が言葉に詰まった。

あわてて立ちあがろうとする庄右衛門を尻目に山岡のとなりにくるとちょこなんと腰を下ろした。

互いに黙礼をするのを見て、誠之進は鮫次に訊いた。

「師匠は以前より山岡殿を見知っておられるか」

「さあね」

鮫次が首をかしげた。


「それにしても見事に火球になるもんだ」

かたわらに置いた柳行李を撫でながらつぶやく福蔵に王は徳利をさしかけた。

「材料を吟味しております」

襖一枚隔てた廊下を見知らぬ輩が行き来している料理屋の座敷ゆえ、最初こそ文殊国の言葉を使った二人だったが、すぐふだん通りの話し方に戻していた。

口元に持っていきかけた盃を止め、福蔵が王を見る。

「材料というのは」

「まず煙硝にもさまざま種類がございます。速く燃えるもの、ゆっくり燃えるもの、爆はぜるのもあれば、めらめら炎をあげるだけというのもあります。それと包んでいる紙でございます。こちらの方がこれと決まるまでいろいろ試さなくてはなりませんでした。そして包み方によっても火の回りようが違います」

代々つづく花火師の家に生まれ、幼い頃から煙硝には親しんできた。調合法は親から受けついだ。

福蔵が盃を空け、突きだし、独り言のようにいう。

「包み方にコツ、調合は秘法か」

王はにやりとしただけで何とも答えず酒を注いだ。福蔵が徐々に酒が満ちていく盃をじっと見つめていった。

「数が問題だ。十や二十では話にならん。江戸中を……」

盃がいっぱいになったところで福蔵が言葉を切り、王は徳利の口を上げた。

「心得ております。千でも万でもお望みのままに」

「そりゃいい」福蔵がにやりとする。「ところで、たびたび我らが邪魔をしておる司誠之進とやらは何者なのだろう」

福蔵が目を細めて王を見やり、低声(こごえ)で訊いた。

「密偵(ミイジエン)?」

「ありえます」

王は文殊国の言葉を使わずに答えた。

「この辺りに住まってるんだな?」

「はい。この先の法禅寺の長屋に」

「丑松も厄介なのに関わったもんだ。それにしてもべらべら喋りやがって。どうせ生きちゃ牢(ろう)を出られないくらいわかりそうなもんだ」

「調べは苛烈を極めるといわれておりますゆえ」

「ふん」福蔵が鼻を鳴らす。「我らが比ではなかろう」

「たしかに」王は徳利を置いた。「そろそろ私は大戸屋の向かいに行きます。画会はすでに始まっておりましょう。司がいつ出てくるともかぎりませんので」

「もう少し……」

いいかけた福蔵だったが、思いなおしたようにうなずいた。

「そうだな」

「それでは」

立ちあがった王は座敷から廊下に出た。襖を閉めた直後、声をかけられる。

「ちょいとごめんよ」

顔を上げた。

座敷前の廊下は中庭に面している。周囲にはまだ明るさが残っていた。顔を上げ、声をかけてきた相手を見た王がかすかに目を見開く。

痩せこけ、髷も貧弱な中年男である。目を引いたのは奇態な恰好だ。黒っぽい動物の毛皮の袖無しを羽織り、首に大きな木の球を連ねた数珠をかけている。垂れさがったまぶたの間から王を見返していた。

「はばかりにね」

そういうと中年男は王の後ろをすり抜け、手水場の方へ歩いていった。王はわずかの間、遠ざかっていく背を見ていた。袖無しの背には剛毛がびっしり生えており、陽の当たり加減のせいか赤みがかって見えた。

男が手水場に入るのを見届け、王は玄関に向かった。

書画会が始まってさほどにもなっていないというのに狂斎も山岡もすでに十数点ずつを書きあげている。題が出て、筆を執るまでの間が短いだけでなく、運筆に迷いがなく、しかも速かった。

障子の前に敷かれた緋毛氈の上には紙が広げられていた。山岡のわきには太い筆が一本――剝きだしのまま、毛先がぼさぼさになった筆を無造作に懐から取りだしたときには広間にどよめきが起こった――と硯、狂斎のわきには十数本の筆、硯のほか、水を入れた皿が三枚置かれていた。今宵は即興、しかも山岡と一騎打ちの様相を呈していたので、狂斎は墨絵にすることにし、鮫次と誠之進に支度を命じた。それでも墨に濃淡をつけなければならなかったので、水を用意させたのである。三枚の皿のうち、二枚はすでに濃淡ふた色の墨が溶けこんでいたが、一枚は澄んだ水のままである。

狂斎の手にはつねに二本の筆が十文字に握られ、そのうちの一本には墨をつけず、水のみをつける。水筆で墨の線をなぞってぼかすためだ。皿のわきには鮫次が正座し、水の皿で狂斎が筆を洗う度に取り替えていた。

絵と書の差もあるのだろうが、狂斎と山岡の姿勢はまるで違っていた。山岡が背筋を伸ばし、紙を見下ろすようにして筆をふるうのに対し、狂斎は背を丸め、絵を嘗めんばかりに顔を近づけ、描いている。

客たちはそれぞれの席を離れ、狂斎と山岡をぐるりと取り囲んでのぞいている。膳部を前に酒を飲みつづけているのは法禅寺の先代住職とその息子である今の住職だ。息子の方は出来上がる絵や書が気になる様子で座ったまま、伸びあがるのだが、そのたびに先代が盃を息子の前に突きだしていた。

先代住職が開会の挨拶をしている最中、それも本人にしてみれば、ようやく調子が上がってきたところへ狂斎が遅れてやって来て、鼻先を通りぬけていった。気を削がれてしまった先代の話は、それでなくてもとりとめがなく、だらだらしていたのだが、いっそうぐだぐだになってしまった。以降、はなはだ機嫌が悪い。

誠之進は山岡側の左で人垣の後ろに座っていた。障子に近い場所で、狂斎や山岡の手元に影を作らないよう客たちも遠慮して空けていたため、二人の左斜め前から手元をしっかり見ることができた。

狂斎の運筆は多少見慣れている。それでも神田の自宅にある画室で向かっているときと違い、題に即興で応える筆の動きは奔放、迅速、目を瞠るものがあった。山岡の筆はまさしく一刀を振りおろす迫力に満ちている。迷いなく、すっと入ってくるとき、考えずにはいられなかった。

刀ならしのぎきれるか……。

「奔馬」

客の一人が声をかけた。

狂斎、山岡ともにわずかな迷いも見せなかった。筆を執り、たっぷり墨をふくませたかと思うと紙の上に運ぶ。

まるで二人の右腕は糸ででも繋(つな)がれているようにまったく同じ動きを見せる。まず左上から右下へ筆が走る。違いといえば、山岡の線が太く一直線であったのに対し、狂斎の線には強弱があり、波打っていた。

左から右へ、上から下へ、絵師と書家の右手はまったく同じ動きを見せる。

出来上がりは同時だった。

「おお……」

「これはこれは……」

「いやはや何とも……」

期せずして客たちの間から嘆声が湧きあがる。

山岡が書いたのは馬の一文字。墨痕(ぼっこん)鮮やかに躍動しており、四つ足は大地を雄々しく蹴っていた。一方、狂斎の描いた馬は跳んでいた。たてがみが風になびき、前肢が大気を掻きわけ、後ろ肢が伸びている。

　互いの絵と書を見やったあと、狂斎と山岡は見交わし、にっこり頬笑んだ。なぜか誠之進は背筋が戦慄するのをおぼえた。

「人、その正体」

　人垣の後ろから声がかかり、客たちがいっせいにふり返る。

　いつの間にか瘦せた中年の男が立っていた。いつ広間に入ってきたものかわからない。誠之進は緊張した。気配の消し方が尋常ではなかったからだ。それに奇妙な恰好をしている。今まで目にしたこともないような織り柄の着物の上に黒い毛皮の袖無しを羽織り、首には一寸ほどの大きさがある木の球をつらねた数珠をかけている。

　瘦せて、日焼けが肌の奥にまで染みこんでいるようだ。

　先に動いたのは狂斎だった。鮫次に命じて縦長の紙を用意させ、自らは背後に置いた膳の上からなますを盛ってあった鉢を取り、残った汁を空いた皿にあけた。

　そして命じたのである。

「鮫、誠、酒だ」

　誠之進はふたたび背に戦慄が走るのをおぼえる。便宜上狂斎の弟子と称することがあり、そのときには誠斎を名乗ることを許されていたが、ふだん狂斎には殿をつけられた。

よほど狂斎の機嫌のいいときには誠さんというのもあったが、呼び捨ては初めてである。喜びが湧いてくるのを感じ、返事をして立ちあがったとき、人と題を発した中年男が目を向けてくるのを感じた。いや、たしかに男の目は動いた。

何者なのか……。

疑問は生じたが、今は狂斎の酒を用意する方が先だ。

山岡は動かず、狂斎、鮫次、そして誠之進をじっと見つめていた。

三

書画会に先立って始まった酒席で狂斎が白身の膾(なます)ばかりを肴に飲んでいるのを誠之進は見ていた。ほかの料理にはほとんど手をつけない。そのわけがようやくわかった。膳に並べられた器のうち、膾鉢がもっとも大きく、深さもあった。

残った汁を空けた膾鉢を手にした狂斎が鮫次の注ぐ酒を受ける。二合徳利が空になった。なみなみと酒の入った鉢を口につけ、顔を仰向かせた狂斎が咽(のど)に流しこむ。

客たちの間からほうと声が漏れるほどの見事な飲みっぷりで、のど仏がぐりぐりと動いた。たちまち飲みほした狂斎が今度は誠之進に向かって空の鉢を突きだす。

膝でにじり寄り、二合徳利を差しかける。またしても徳利が空になり、二杯目も飲みほした。酒席が始まってから差されるままに飲んでいたので、かれこれ、五合か六合には達しているだろう。

もっとも酒量では山岡が上回った。姿勢を正し、上品に飲みながらも盃をさっとあおる仕種が小気味よいほどで、すでに一升を超えているに違いない。狂斎とは違い、肴にもちゃんと箸をつけている。

鮫次に注がせた三杯目も空けた狂斎が座布団の上で反転し、緋毛氈の上に延べられた縦長の紙に正対する。右手に十文字にした二本の筆、さらにもう一本を口にくわえる。目を細め、紙を見ていたが、ほんの一瞬でしかない。右手の筆の一本に薄墨をつけ、紙の上部に丸を描いた。

これまでにも何度か狂斎が描くところを見てきた誠之進だが、一筆、ひと息で真円を描く技にはいつも息を嚥んできた。今もそうである。

手の中で十文字の筆を持ち替え、今度はやや濃いめの墨で円の周りをさっさと塗りつぶしていく。潔さはこれまた小気味よいほどだ。たちまち夜空と雲——塗らない部分が層雲となっていく——が現れ、さらに筆が下って雲から白い糸が垂れさがってくる。糸は下るほどにわずかに太くなっていき、くねくねと波を打った。

取り囲む客たちが身を乗りだし、何が描かれるのかと興味津々にのぞきこんでいる。誠之進もまた同じだ。山岡だけが姿勢を崩さず、ただし目は狂斎の手元に向けたまま、酒を飲みつづけている。まだ紙の用意もさせていない。

絵師と書家は競い合うように筆を揮ってきたが、今度ばかりは少し様相が違った。

十文字の筆を置いた狂斎がくわえていた筆を手にするや硯の墨池に浸し、たっぷり含ませた。まっすぐに立てた筆を宙に保持し、筆先で細い線を描いていく。

以前、狂斎に問われたことがあった。

『応挙の線と北斎の丸、どちらが難しいか』

応挙――円山応挙は百年ほども前の絵師で狩野派の流れを汲み、写生を旨とし、つねに画帖を懐に入れていたといわれる。図抜けた画才は広く庶民にまで受けいれられ、円山派という一派を成した。

一方の北斎――葛飾北斎は江戸の絵師で、数え九十を超えるまで描きつづけ、このときからつい十年ほど前に他界した。年齢を重ねるほどに新たな技法に挑み、終生倦むことがなかったばかりか、臨終の床にあって、なお十年、いや、せめてあと五年生かしてくれれば名人の域に達したものを、といった。

応挙の線、北斎の丸と問われ、誠之進は考えこんだ。応挙、北斎とも今までに絵は目にしてきている。ただただ圧倒され、感心するばかりで、模写してみようと思ったことすらなかった。

狂斎もまた幼い頃から天賦の才を賞賛されてきた絵師だが、技法の習得には貪欲で、一つの流儀、流派にとらわれることなく、数多(あまた)の絵を残してきた。

『儂はどっちも描けるがね』

面白くもないといった顔つきでつづけた。

さて狂斎の筆が繊細な動きを見せたかと思うとたちまち路傍に二輪のカキツバタが現れた。狂斎が描いていることは間違いないのだが、あまりにするする筆が動くので、カキツバタが滲(にじ)みあがってきたようにしか見えなかった。

さらにカキツバタのわきに水溜まりが描かれ、そこに中天にかかる月――上方に描かれた円――が映っている。上空の層雲からうねうねと降りてきた線が水溜まりにまでつながったとき、それが水溜まりから立ちのぼる湯気でやがて雲になったことがわかった。

やや太めの筆に持ち替え、またしてもたっぷり墨をふくませると水溜まりの縁にんの字を書いた。

鮫次がのぞきこんで首をかしげる。

「何です、そりゃ？」

「見ての通り、んの字だ」

じっと見ていた山岡がにやりとしていう。

「絶世の佳人も所詮は糞袋でございますな」

見返した狂斎がうなずく。

「人の本性。先生、ひとつ揮毫を」

「心得た」

狂斎が立ち、代わりに筆のみを手にした山岡が座った。狂斎の硯に筆を浸し、月の右にさらさらと四文字を書きつけた。

浄穢不二

山岡鉄舟には後世に伝えられた逸話がある。

大商家の主人や名だたる高僧がいならぶ宴席にどうした経緯か薄汚れた身なりの浮浪者が紛れこんでいた。目の前にはご馳走が並び、たまらずがつがつ食い、酒を大量に飲んだ。しかし、ふだん食べつけないものを大量に飲み食いしたため、くだんの浮浪者が胃袋に詰めこんだものをすべて嘔吐してしまった。

広がった反吐を前に鉄舟はいった。

『ありがたい仏飯ですぞ。放っておかれるのでございますか』

互いに顔を見合わせるばかりの商家主人や高僧を尻目に鉄舟は反吐を掻きあつめ、きれいさっぱりするりと嚥みくだしてしまった。逸話によっては、鉄舟の弟子が酒に酔って吐いたというものもあるらしい。

真偽のほどは定かではないが、世にきれいも汚いもない、すべては見る者の感じ方でしかないというのが浄穢不二だ。

浄穢不二の意味は誠之進にもわかる。山岡が絶世の佳人も糞袋云々といったのは、狂斎の描いた水溜まりと、んの字を指している。月下のカキツバタが佳人の象徴、たちのぼる湯気は用を済ませた直後をあらわしていた。

そしてんの字は……。

まさしく狂斎のいう通りんの字にほかならない。

「百両」

最初に広間に入ってきたときに目の前にいた年寄り二人組のうち、一人が声を発した。これまで一度も声をかけていない。となりの相方が満足そうな笑みを浮かべてうなずいている。

誠之進は顔を上げた。人の正体と題を出した奇妙な恰好をした中年男がどんな顔をしているか気になったのだ。

しかし、姿が見えなかった。

「もし……、そこもとは司誠之進殿ではありませぬか」

すぐ後ろから声をかけられ、飛びあがりそうになった。あの中年男がまたしてもまるで気配を感じさせずに後ろにいたのである。

もし、短刀でひと突きされていれば、あっさり心の臓を貫かれていただろう。誠之進は声も出せずに不思議な中年男を見ていた。穏やかな眼差しに殺気はない。それでも背といわず首筋といわず脂汗が滲んでくるのをどうすることもできずにいた。

狂斎が絶世の佳人が立ち去った直後を描き、山岡が浄穢不二と添えたあとも客たちの注文は相次ぎ、結局、狂斎は二十七点、山岡にいたっては百点近い書を仕上げた。筆を執るたび、どちらも膾鉢で酒をあおりながらである。

大戸屋を出たときには子の刻を過ぎ、さすがの狂斎も足下がおぼつかなくなっていた。それで誠之進は鮫次とともに神田明神下の自宅まで送りとどけることにした。鮫次に手をとられながらようやく歩いていた狂斎だったが、玄関で足をすすぐとまっすぐ画室に向かった。

画室には、すでに真っ白な紙が広げられ、わきに筆、硯、皿が用意されていた。紙の前に端座したとたん、狂斎の背筋がすっと伸びたことに誠之進は瞠目する。弟子二人は狂斎の後ろに並んで腰を下ろした。

鮫次が耳元でささやく。

「先生は画席から帰ると必ず筆なおしをするんだ。ほら、客の求めに即興で応えるだろ。だからどうしても筆が荒れて……」

「違うぞ、鮫」

狂斎が紙に向かったまま、鮫次をさえぎった。

「どれほど速描きしようと儂の筆が乱れることはない。ただ酒がいかん。飲めば飲むほど頭が冴えて来て、眠らせてくれんのだ」

そういって右手を差しあげ、手首をくるくる回した狂斎が手を下ろし、今度は首を右に左にゆっくりと倒した。

「次から次へと雅趣が湧いてきてな。渦巻く雅趣を散らしてしまうには、描くしかないんだよ」

狂斎がふたたび瞑目したあと、鮫次がそっと教えてくれた。筆なおしではいつも観世音菩薩を一枚描く、と。

しかし、狂斎はなかなか筆を執ろうとせず目をつぶったまま言葉を継いだ。

「ところで、誠」

「はい」

「おかしな恰好をした爺ぃがお前に声をかけてきたろう」

「はい」

「雲の一文字をもって雲平と称しているそうだ。足の向くまま気の向くまま、雲のごとき漂泊の身ということらしいが」

法要を主催した日本橋大店の主人から聞いたという。

雲平は誠之進に話をしたあと、現れたときと同様、ふっと姿を消した。見事なばかりに気配を消してみせる技には舌を巻いた。

「どのような御仁にございますか」

「ご主人もくわしいことは知らんといっておった。何でも蝦夷が島をめぐって二年ほど前に江戸へ戻ったらしい」

「蝦夷が島ぁ」

とんきょうな声を張りあげたのは鮫次である。だが、狂斎は落ちついてうなずいた。

「そう。それもこの間で六度目になるそうだ。最初は十五年も前、二度目のときには蝦夷が島を南北に歩き抜いて、海を渡り、さらに北にある樺太という島にまで行っているらしい」

誠之進、鮫次ともに声を失った。

「おかしな恰好をしておったが、あれは蝦夷人の着物だそうだ。熊の毛皮の袖無しもな。今は品川宿の……」

狂斎が小料理屋の名を口にする。大戸屋から数軒先にある店で、入ったことはなかったが、誠之進も前を通っている。

雲平はそこで書き物をしているという。すでにつごう数十巻におよぶ航海日誌、踏破日誌を著し、蝦夷地全土の大概図、さらには歌集まで出版している。

「ただのお人には見えませんでした」

「気配を感じたかね」

「いえ、気配をまったく感じさせなかったもので」

誠之進の答えに目を開いた狂斎が宙の一点を睨む。

蝦夷が島に北海道という名を付けた松浦武四郎が第二回目の渡航の際、松前藩の御用医師西川春庵の下僕になりすましたときに用いた変名が雲平である。伊勢松坂に生まれた武四郎は幼少の頃からお伊勢参りに訪れる人々を見て育ち、旅への渇望が絶ちがたくなった。

また、松坂は忍びの里伊賀と甲賀に挟まれた土地であり、武四郎自身、忍びの血を引くという噂がある。そうでなければ、月もない夜に二十里の山道を歩き通せるはずがないだろう、と。

後年、明治になってからのこと、武四郎は狂斎——当時はすでに暁斎——に涅槃図を依頼している。そこには生涯の冒険で出会った万物を周囲に並べ、真ん中で寝そべって至福の表情を浮かべている自身の姿があった。

依頼は幕末か、明治の初めであったのだろう。当初、武四郎はまだ髷を結っていたが、絵が完成する頃には落としていた。頭の部分を描きあらためてくれといったらしい。狂斎は直した。

『何とも面倒くさい爺様ではあった』

そのときの狂斎の言葉が河鍋家には伝わっている——。

狂斎が誠之進をふり返った。

「雲平と何か話していたね」

「小料理屋で剣呑な話を耳に挟んだそうにございます。その話に私の名が出たといわれました」

狂斎の眉根がぎゅっと寄った。ぎょろりとした目がまっすぐ向けられている。

「剣呑とは？」

「夏に見た、あのひとだまにまつわる話でございますが……」

画席での様子を誠之進は話しはじめた。

「最近、ひとだまが出ましたか」

奇妙な恰好をした男が訊いた。いきなり司誠之進様と呼ばれ、気を呑まれて返答に窮しているうちにたたみかけてきたのだ。

誠之進は思わず答えていた。

「この夏に」

　客の誰もが狂斎と山岡を囲み、絶え間なくつづく運筆にすっかり心奪われ、誠之進と男が話しているのを気にする者はなかった。

　男がにやりとする。

「ひとだまなんか信じちゃおられんでしょ」

「はあ」

「火付けの道具のようですな。それもなかなかうまい仕掛けらしい」

「そちら様は……」

　誠之進の問いかけを無視し、男がつづけた。

「あれは唐国の花火師が特別に作ったもので、煙硝の調合と包み方に秘法があるようだ」

「唐国の？」

　目をぱちぱちさせて訊き返す誠之進に男がうなずく。

「連中の話が気になったのは唐国の言葉で話しておったからです。唐国といっても北の方の、今はすでに亡い国の言葉で」

　すでに亡い国の言葉がどうしてわかるのかと思ったが、またしても先手を打たれてしまった。

「その連中があなたの名を出しておりましてね」

「私の？」

「それだけではない。そのひとだまだが、千、万と作る用意があるようで」

ぎょっとして男を見返しつつ、かすれた声を漏らした。

「なにゆえ……」

「市中すべてを焼き尽くすには十や二十ではとうてい足らない」

そのとき、狂斎に呼ばれた。ふり返って返事をする。立ちあがる前に男にひと言断りを入れようともう一度顔を向けたときには姿が見えなくなっていた。


「市中すべてを焼き尽くすか」

狂斎が目を上げ、ぽつりとつぶやいた。

「その者たちの話が気になったのは唐国の言葉を使っていたからといっておりました。それも北の方にあった国で今はもう亡いとか」

「大昔に文殊国というのがあったと聞いたことがある。文殊菩薩を信仰していたそうだ」

「文殊国……」

横浜で生糸と鉄砲を交換しようとしていた商店の屋号が文殊であり、店主が文殊国の人間ではないかといったのは幕府横目付手代の藤代だった。

十二世紀頃、中国大陸北方に文殊菩薩を信仰する民族がいたといわれる。民族名をマンジュとしたが、由来はサンスクリット語の文殊菩薩（マンジュシュリ）にあった。その後、清国の初代皇帝とされるヌルハチが諸民族を統一した際、支配下地域が満州（マンジュ）国と呼ばれるようになった。

「どうかしたか」

「いえ……」

誠之進は首を振った。藤代がからむ以上、たとえ師である狂斎が相手でも話すわけにはいかない。

「ご無礼いたしました。文殊菩薩から文殊の国というわけですか」

「本当のところはわからん。儂がその名を聞いたのは、もう何年も前だ。今では、誰に聞いたのかすら思いだせない」

ふたたび狂斎が誠之進に目を向ける。

「さて、雲平だがな、樺太に渡ったときにおろしあ国の船乗りたちと会ったそうだ。蝦夷人とはまるで違う赤ら顔をした、たいそう躰の大きな連中だそうで、赤蝦夷とも呼ばれている。その船乗りたちの下働きをしている中に唐国の者がいて、それが文殊国の流れを引いていたとか」

文殊国と来れば、藤代に話しておいた方がいいだろう。

じっと誠之進を見ていた狂斎だったが、紙に向きなおるとやおら筆を手にした。

手が動いたのは一瞬、描かれたのは円が一つだけでしかない。

狂斎が紙を誠之進の前に置く。

「本当のところ、お前が何をしている者か知らん。鮫の奴はあれこれいうが、儂にはどうでもいいことだ。しかし、お前が儂の弟子であるのは間違いない」

「はい」

目の前に置かれた紙に誠之進はじっと目を落とした。

狂斎がぼそりという。

「写してみなさい」

「はい」

何とか答えたものの、ただの円を模写しろという狂斎の意図をはかりかねていた。

画室を辞し、もう遅いから泊まっていけという鮫次を振り切って狂斎宅を出た誠之進は空を見上げた。

何かが見えてきたような気がする。得体の知れない、巨大な黒い影だが、正体を見極めることができなかった。雲平が会った文殊国の言葉を使う者のうち、一人は横浜の文殊屋福蔵だろう。

だが、もう一人は……。

「よし」

自らに声をかけると誠之進は本所に向かって歩きだした。まずは父に報告し、明朝にでも治平を藤代のところへ使いに出してもらうことにしよう。

『そのひとだまだが、千、万と作る用意があるようで』

雲平の声が脳裏を過っていく。

四

『写してみなさい』

そういって狂斎が一枚の紙を差しだした。そこには円がたった一つ描かれているだけだった。そのときの狂斎の表情、目、紙を持つ指のしわまではっきりと目に浮かぶ。

違う——誠之進は歯を食いしばり、胸の内でつぶやく——その前だ。

思いだそうとしていたのは、狂斎が円を描く刹那の情景だ。書画会から帰ってきて、足下もおぼつかないほどに酔っていたにもかかわらずまっさらな紙を前に端座すると背筋が伸びた。

狂斎が大きく見えた。

書画会で荒れた筆をなおすのに観世音菩薩を描くのが習いだと教えてくれたのは鮫次

だが、狂斎がすぐに違うと否定した。

どれほど速描きしても決して筆が荒れることはない、と。

長屋の障子の前に文机を据え、狂斎が描いた手本が置いてある。わきにはもう一枚の紙があり、幾十もの円が描いてあった。どれも狂斎の円とはまるで違う。

応挙の線、北斎の円と狂斎がいい、どちらも自分なら描けるとつづけた。

文机には筆と硯、板張りの床には水差しを置き、誠之進は正座して狂斎の円と向きあっていた。障子に和らげられた光を受け、円が浮かびあがってくる。

「ええい、わからん」

つぶやき、大きく息を吐いた。

円は紙のやや上の方に描かれている。線はどこも同じ太さで強弱は微塵も見られない。墨の濃さも均質だ。最初にどこに筆を置いたのか、どこで筆を上げたのか、そこがわからない。だから狂斎が紙を差しだす前、筆を執り、円を描くところを思いだそうとしていた。しかし、またたく間のことだ。

隙を突かれたといってもいい。誠之進はまさか自分が斬りつけられるとは思いもせず、師が描くであろう観世音菩薩の姿を考えていた。

だが、差しだされたのは円だ。

障子を開け、陽光に照らして眺めてみた。夜半、燈明の光の下でも眺めてみた。立ちあがって、見下ろし、逆に鼻先をすりつけんばかりにして円周をぐるりと、できるだけゆっくり子細に眺めてみた。目を細めたり、大きく開いてみたり、ついには股の間から逆さまにのぞきこんでみたりした。しかし、これは紙をひっくり返せば同じことだと気づいた。それで紙を動かしてみたのだが、さらに驚かされる結果となった。紙を回してみても円はぴたりと同じ位置にあり、形をまったく変えなかった。

どこにも切れ目がなく、円が閉じられている。およそ人の手業であるならば、どこかに線の強弱、墨の濃淡があるはずだと自分にいい聞かせ、何度も見直したが、ついに見つけることができない。

ならばと描いてみた。自ら筆を揮っているのだから当たり前といえば当たり前だが、どこに筆を置いたのか、どこで穂先を上げたのかが一目瞭然だ。前夜に描き、翌朝、陽光に照らしてみたが、よけいに筆跡が目についた。昼間に描き、夜に燈明の下で眺めてみた。いくつも描きながら、どの円にもはっきり筆の入口と出口が残っていた。

文机の左わきには反古が積み重ねてある。

圧巻の力量を見せつけられ、出てくるのはため息ばかり、狂斎宅から戻って何日も同じことをくり返している。

狂斎宅に行った翌日、父の隠居所に行き、雲平という男から聞いたことをすべて報告した。父は藤代につなぐといったが、あれから何の連絡もない。口入れ稼業橘屋の藤兵衛にも雲平が文殊の言葉を使う二人の男を見たという料理屋を見張って欲しいと頼んでおいた。くだんの料理屋にも男衆を入れておくと請け合ってくれたが、それらしい二人連れが出入りしている様子はない。

ふたたび思いは眼前の円に戻っていく。

円を模写することで狂斎が教えようとしたことは何か……。

入口の戸ががたつき、思いを中断された誠之進は座ったまま、ふり返った。建て付けの悪い戸がようやく四、五寸開き、間から顔をのぞかせたのは研ぎ師の秀峰だ。

誠之進は立ちあがり、框にいった。裸足のまま、三和土に降り、戸を持ちあげるようにして開く。秀峰が長屋にやって来たのは、これが初めてだ。

「よくここがわかったね」

「法禅寺の長屋というのは聞いていたからな。寺の小僧に訊ねたらすぐそこまで手を引いて案内してくれたよ」

軽口を叩きながらも秀峰の表情が険しい。

「何かあったか」

「ちょっとそこまで……、土蔵相模の向かいまで付き合ってくれ」

万延元年も師走となった。

王風珉の前で五人の男が酒を飲んでいた。品川宿でも有数の旅籠……、というよりもっとも人気のある相模屋の一室である。しかし、男たちの話に微塵の興味もない王の思いは、この年の三月三日へと戻っていく。

季節外れの大雪の朝、江戸城桜田門の前で大老井伊直弼(なおすけ)が暗殺されたその日だ。夜明けとともに雪はあがり、どんどん暖かくなって、午過ぎには降り積もった雪はすっかり消え、汗ばむほどの陽気になっていた。

事件の噂を聞きつけた王は江戸城近くまで見物に行っている。物見高い連中がぞろぞろと見物に押しかけており、いつもなら大名たちの登城見物に来た客が途切れるとさっさと店じまいする食い物売りの屋台がまだ軒を連ねていた。

行き交う人々の間を歩きながら今朝の雪も事件もまやかしであったかのような光景であった。井伊家の乗り物が止められ、刺客たちが殺到、ついには大老の首が斬られた場所さえ大勢の見物人に踏みしだかれて……。

「許せん」

激高する声に王の思いは途切れた。声を荒らげたのは、短袴に袷の小袖を着た若い男だった。薄汚れた恰好で、かたわらには長剣が転がしてある。

「今日も馬ん乗って街道を闊歩しくさってた」

「あいつら、横浜から品川まで出てきちゅう」

もう一人が同調する。

男たちはいずれも薄汚れた小袖、短袴、長剣をそばに置いているところは同じだった。四人が車座になって声高に話しているのに対し、壮年の男が一人離れ、手酌で酒を飲みつづけていた。

「斬る」

最初に激高した男がいった。

「声が大きい」

四人のうち、もっとも年長の男が両手を広げ、あとの三人を制した。離れたところにいる男だけが何もいわず陰鬱な表情で盃を干しつづけていた。

年長の男が激高した男をたしなめる。

「所詮、あの者どもは下っ端だ。ついこの間のことにしても襲われたのは下僕だったじゃないか。間抜けなことに短筒を撃ち返されて逃げだしている」

「あんな意気地なしといっしょにしてもらっては困る」

若い男は憮然としていい、手にした盃をあおった。

「馬だ、馬」

最初の若い男に同調した、これも若い男がいいだした。

「あいつらにしても偉い奴は馬ん乗ってる。馬ごと斬り捨てればいい」

「そんなことをしたところで何になる」

　年長の男は辛抱強くいう。

「少なくとも自分たちの気は晴れる」

「おいおい」

　年長者がいささか呆れ気味にいったが、若い男は車座の中央に置かれた木箱に目を向けていた。赤黒く濁った目がすっかり据わっている。

　吐きすてた。

「こげな面妖な仕掛けやら、よう好かん」

「そうだ」同調者が剣に手をかけた。「おいたちにはこれがあっと。これさえあれば、異人どももなんぞことごとく斬り捨ててみせる」

　年長者が首を振り、酒をあおった。

　木箱の中には王が持参した煙硝球が六つ入っていた。まことしやかに効能を並べ立てたが、紙にくるんであるのは砂でしかなかった。長州の高杉の知り合いだというので相模屋まで来たが、相手は得体が知れなかった。

　市中には水戸、薩摩、長州の浪士が数多く跳梁していたが、たいはんが騙りに過ぎない。商家に押しかけては攘夷のため、金子を用立てろと迫り、金が手に入れると飲み食いに消している。今宵は薩摩脱藩士が集まると聞いてきたのだが、王が聞いてもはっきりわかるほどお国訛りが怪しい。

盃を下ろした年長者が残りの三人をなだめるようにいう。

「東行殿に秘策のあれば、我らはそれに従うのみと誓ったではないか」

年長者のわきに若い男が座っていたが、右に左に目をやるばかりで口を挟む間がないようだ。年長者によく似ているところを見ると二人は親子かも知れない。論議は二対二で白熱する様相を呈していた。

こいつらもまた――王は肚の底でつぶやく――飲んで、くだを巻いて、憂さ晴らしをしているだけか。

偽物の煙硝球を持ってきた理由である。高杉の名を出されなければ、のこのこ出かけてくることもなかった。東行は高杉の号、そして変名の一つだ。

横浜の異人商館を焼き払ったのは高杉だが、煙硝球を仕掛けたのは文殊屋福蔵である。生糸をもって最新式の鉄砲を手に入れ、高杉に売り渡すという商談は潰れたが、英国人の屋敷を焼くという点で文殊屋の意にかなっている。品川の北、三田周辺にも異人たちが出入りする場所が増えており、先ほど若い男が馬に乗った異人を見かけたというのも、そうした異人の一人だろう。居留地は横浜と定められていたが、将軍家の威光は翳りを見せ、徐々にではあったが、異人たちが江戸市中においても勝手気ままに動きまわるようになっていた。

王と福蔵には実現しなくてはならない策があった。そのため異人屋敷焼き打ちという騒動が必要なのである。

しかし、このおれは間に合うか、と王は思う。黙っていれば、三十手前で通る風貌だが、実のところとっくに四十を超えていた。車座になっているうちの年長者が同い歳か、あるいは王より若いかも知れない。

国を失い、故郷を追われ、露西亜（おろしあ）人の船に拾われた。交易船と称していたが、仕入れはもっぱら海縁の集落やほかの船を襲撃することによった。早い話が海賊である。主に蝦夷が島の周辺を荒らし回っていたが、大きな時化（しけ）に遭って船がひっくり返り、海に投げだされた。

気がついたときは松前藩領の漁村にいた。それまでにも倭人（わじん）とは何度も接触していたので言葉には不自由せず、おかげで露西亜の船に襲われた漁師になりすますことができた。もう二十年も前のことだ。

漁師村にいたのは二年ほどに過ぎず、知り合いになった北前船（きたまえぶね）の船頭にわたりをつけて南へ下った。

「東行殿、東行殿というが、故郷（くに）へ戻ったきり音沙汰がないではないか」

若い男が年長者に食ってかかる。

「だいたい何だって帰ったんだ」

「嫁をもらうためだそうだ」

今まで黙然と飲みつづけていた壮年の男が答えた。

年長者がふり返る。

「伊牟田殿」

叱声の響きがあったが、伊牟田と呼ばれた男は返事をせず、盃を口に運んだ。

「ほら見たことか」若い男がふたたび激高し、長剣に手をかけた。「だいたいこんな面妖な仕掛けにたぶらかされていて攘夷などできるものか」

「だから東行殿には策が……」

「知るか」

若い男がさえぎり、長剣を立てる。

王はふところに呑んでいる短筒を思いうかべた。六発の弾が入っている。もし、若い男が酔った勢いで斬りかかってくれば、真っ先に撃ち殺す。わけもなく顔面に撃ちこむことができるだろう。あとの三人は呆然として身動き一つできずにいるに違いない。

次々に男たちを射殺する光景を脳裏に描きつつ、王の意識は伊牟田に向けられていた。静かな男は怖い。いざとなれば、斬りかかってくる男を無視してでも伊牟田こそ真っ先に撃つべきかも知れない。

ふと視線を感じ、さりげなく目を動かした王は背筋に汗が浮かぶのを感じた。

伊牟田がじっと王の腹のあたりを見つめ、苦いものでも口にしたように酒を飲んでいた。

料理屋の二階、街道に面した一室で誠之進は秀峰と向かいあっていた。二人の前には膳部があったが、どちらも料理にはほとんど手をつけず、酒はもっぱら秀峰が飲んでいた。

「それにしても世も末だな。法禅寺に行く途中で三人連れの武家とすれ違ったんだが、ぐでんぐでんに酔っ払ってやがる。まだ明るいってのに天下の東海道、品川宿の真ん中で放吟、哄笑(こうしょう)だぜ。身なりは良かったから勤番でも、徳川(とくせん)の御三家じゃないかね。あいつら、金だけはしこたま持ってるからな」

手酌をする秀峰を前に誠之進は窓辺にもたれ、向かいの相模屋を見ていた。街道に面して玄関があり、少し離れて木戸があった。木戸は裏口に通じている。どちらも料理屋の二階から見張ることができた。

長屋を出たあと、秀峰が厄介な野郎が相模屋に来たといった。誠之進は相模屋に目を向けたまま訊いた。

「その伊牟田という男だが、藩士なのか」

「いや、脱藩したことになるだろう。藩士といえば藩士だが、親父は薩藩でも陪臣(またもの)でな。

代々山伏をしてたって話だ」

「山伏?」

「藩からの給米だけじゃとても食えないからだろ。あの藩は厳しいって話だ。うちに来る連中がぼやいてるよ」

研秀は芝にある。目と鼻の先が薩摩藩の中屋敷で刀を研ぎに出す藩士たちが多く出入りしていた。

盃を手にした秀峰がつづける。

「伊牟田って野郎はつくづく貧乏がいやになったんだろうな。山伏といったって、本当のところは炭でも焼いて何とか食いつないでいただけかも知れない。どこでどんな伝手があったのかはわからねえが、藩主の典医に取り入って弟子になった。それで長崎に留学したり、師匠である典医が江戸勤番になるのにくっついて来たりした」

江戸へ来たのが良くなかったと秀峰がいう。七、八年前のことで、来た直後にペルリが押しかけてきて、江戸の市中は大騒ぎとなった。

「流行病みたいなもんだな。どいつもこいつも異人どもの首を取るって。そいつが伊牟田に伝染してね。他藩の連中と連れだっては酒を飲み、大いに気炎を上げたらしい。その辺りで済ませておけばいいものを何を勘違いしたんだか殿様に建白書を出しやがった。それで譴責を食らって、いったんは国許に連れもどされた」

謹慎処分を受けていたが、三年後に解け、今度は江戸の薩摩藩邸護衛に駆りだされた藩士の従者としてふたたびやって来ている。

この春――井伊掃部頭が殺された直後、市中が騒然としていた時期だ。

「まだ一年にもならんじゃないか。伊牟田の脱藩というのはつい最近なのか」

「脱藩っていうか、ふらりと出ていったきり戻ってこない。それだけのことらしい」

「それが今日、相模屋に来ると」

「昨日、うちに薩摩の連中が寝刃（ねたば）を合わせに来たんだ。そいつらがべらべら喋ってやがった。伊牟田が相模屋に現れる、とね。何でもひとだま使いが剣呑な連中に……、ってこれはさっき話したか。おれも歳だね。同じ話を何度もくり返してやがる」

斬り合いに使うためには刃が研ぎ澄まされていたのでは威力に欠ける。そこでわざと刃を乱れさせるのだが、それを寝刃を合わせると称した。薩摩藩士たちが研秀のところへ来たのは、刀を使う用ができたからだ。その用こそ伊牟田の一件であり、ひとだま使いという言葉を小耳に挟んだからこそ誠之進の長屋へ来たのだった。

「薩摩の人たちにしてもあんたを信用していればこそ内密の話をしても平気だと思ったんだろう」

「どうかね。奴ら、研ぎ屋の爺ぃなんぞ人にあらずと見くびってやがるのさ」

「伊牟田という男は知っているのか」

「謹慎を食らう前に何度か来てる。かなりの遣い手とは聞いていた。刀も大したもんだった。銘はなかったが、業物(わざもの)といえる」

窓の外に目をやった秀峰が顎をしゃくる。

「ほら、噂をすれば何とやらだ」

目をやると裏口につづく木戸が開いて大小を差した武家が出てきた。伊牟田であろう。さほど上背はなかったが、引き締まった躰つきをしていた。黒っぽい小袖に羽織、短袴を着けているが、いずれもしわが寄っている。

つづいて商人体の男が出てきて、後ろ手に木戸を閉め、すがるように伊牟田を追いかけた。

「お武家様、短慮はなりませんぞ」

さすがに伊牟田の名を口にするのははばかったに違いない。だが、伊牟田にはそうした配慮が微塵もなかった。

「せからしか。おはんはひとだまでも何でも使(つこ)うたらよかろう。大火になれば、材木屋は大儲けできるだろうからな」

材木屋。

誠之進は瞠目し、商人体の男を見た。

材木屋って、あれが七木屋なのか。

秀峰が怪訝そうな顔をする。

「伊牟田を追わないのかい」

「追うとすれば、こっちだ」

誠之進は相模屋の前に立ち尽くしている商人体の男——おそらくは七木屋——から目を離さず答えた。

「行き先をたしかめる」

「あれがひとだま使いなのか」

「わからない」

誠之進は立ちあがった。

五

やはり七木屋ではないのか……。

前を行く伊牟田と商人体の男に誠之進は疑いの目を向けはじめていた。七木屋は深川にある。夜道を歩くには少々長い。

「やっぱり世も末だよなぁ」となりで秀峰がぼやく。「武家と商人が連れだって歩いていてる」

伊牟田と商人体の男は東海道を北に向かっていた。右には浜がつづいていた。左は町人街だが、その向こうには寺が並んでいた。品川宿を出て、御殿山もはるか後ろになっている。

「相手は脱藩士とはいえ、薩藩の武家だ。それで足下を照らしてやっているのではないか」

誠之進は答えた。

提灯を持っているのは商人体の男で伊牟田は腕を組んだまま歩いている。それほど急いでいるようには見えない。

「伊牟田は屋敷に帰るんじゃないのか」

東海道を歩きつづければ、やがて三田の薩摩藩上屋敷の裏に通じる堀割に達する。屋形船で乗りつければ、人目につかずに出入りができた。

「今さら帰れた義理じゃあるまい。それに昨日は伊牟田を斬るんだって連中がうちに来てたんだぜ」

しばらく黙って歩きつづけた。

やがて伊牟田たちが薩摩藩邸の前に達する。右に塀が連なり、門は閉ざされていた。門番は番小屋に引っこんだままで門前には立っていない。伊牟田が国許から江戸へやって来たのは井伊掃部頭暗殺のあとで、目的は藩邸の警護にあったという。しかし、今は門番すら立てず藩邸も静まりかえっていた。

右手に連なる塀に目をやり、誠之進はかえって不気味さをおぼえた。息をひそめ、耳を澄ませて身構えているような気配がする。

だが、伊牟田と商人体の男はあっさり薩摩藩邸の前を通りすぎ、すぐ先の辻で立ちどまった。一町ばかりも離れているので気取られる恐れはないだろうが、それでも誠之進と秀峰は町家の軒先に身を寄せた。

「何だって、あんなところで」

何やら話をしている二人を見て、秀峰がつぶやく。やがて提灯が二つになった。商人体の男が懐にでも入れておいた提灯に火を点け、広げたのだろう。商人体の男が今まで手にしてきたやや大きめの提灯を差しだしたが、伊牟田が選んだのは新たに火を点けた方だ。

左の路地に入っていく伊牟田を見送った男が街道を歩きだす。

「どっちを追っかける？」

秀峰が訊く。

「商人の方を」

誠之進は答え、二人はふたたび歩きだした。

「伊牟田は材木屋と呼んでたが、あれが七木屋か」

「そう見たんだが……」誠之進はちらりと首をかしげる。「実は私も七木屋の顔を見たことがない」

「何だよ、頼りねえな」

七木屋だとしても主ではなく、番頭だろう。主は結構な歳で店を取り仕切っているのも大戸屋で勝安房守をもてなしたのも番頭だと聞いている。歩いている姿を後ろから見ただけでは武術の心得があるのかまではわからなかったが、足取りは軽く、身のこなしも敏捷そうだ。

商人体の男は次の辻を右に入った。

「どこへ行くつもりだ。あの先は鹿島明神があって、あとは浜がつづいてるだけだぜ」

誠之進も付近に何があるかは知っていた。すっかり暗くなった浜に人影はないだろう。漁師たちが舟の支度を始めるのは夜明けが近くなってからだ。

「あんた、うちへ帰ってくれ」

〈研秀〉は目と鼻の先だ。しかし、誠之進がいうのを聞いても一向に足を止めようとせず秀峰がいう。

「そういうのを藪から棒ってんだ」

「いやな感じがする。我らが尾けているのを知って、ひとけのない場所に誘いこもうとしているようだ」

「面白えじゃねえか。誠さん一人を虎口に放りこんで、尻尾を巻いて逃げだすような秀峰様じゃねえてんだ」

「それは心強いが……」

「あれ、持ってきてるんだろ」

あれとは偽物のキセル筒のことだ。鋼の芯に銀を巻き、精緻な細工を施したもので秀峰の息子が作った。莨入れには指弾が入っている。こちらは長年父の中間をしている治平がくれた。

商人体の男が鹿島明神の角を曲がる。少し間をおいて、誠之進と秀峰が同じ場所に来たとき、どこにも提灯は見えなかった。

砂浜が広がり、潮騒が聞こえるばかりだ。

今さらあとには退けない。誠之進は闇に向かって踏みだす。秀峰もすぐわきに並んでいた。潮騒が一段と大きくなる。

鹿島明神を過ぎた辺りで背後でかすかな物音がした。誠之進は腰の後ろに差したキセル筒に手をかけた。

「誠さんのいやな感じってのが当たったな」

ふり返ると暗がりの中に男が立っていた。

「司誠之進だね？」

「七木屋の番頭だな？」

問いに問いで返し、どちらも答えない。いや、答えたも同然だ。

「みょうな真似をするんじゃねえぜ」七木屋が懐から出した手を小さく振って見せた。

「おれは丑の野郎とは違って外さねえ」

七木屋とは二間ほどしか離れていない。暗がりとはいえ、容易に命中させるだろう。

次いで七木屋の口から聞いたこともない言葉がほとばしり、誠之進の後ろ、浜に引きあげられている漁師舟の方から応じる声がした。

これが文殊国の言葉か。

誠之進は莨袋から取りだした指弾を左手に握った。五、六粒だろう。いちどきにばらまけば、指弾は広がり、闇の中でも相手にあてやすくなる。

「何者だ、こいつら」

秀峰が前と後ろをうかがいながら低い声でいった。

「干了(ガンラ)」

何かとうるさくまとわりついてきた司誠之進を罠(わな)に嵌(は)め、王は歓喜のあまり声を張った。横浜の商人文殊屋福蔵こと袁凱騎(ユエンカイチー)を呼んだ。

「而来(ベアライ)、袁」

やったぞ、出てこい、と。

舟の陰に身を潜めて待ちかまえていた袁が答える。

「応(イン)」

落ちつかない様子で前、後ろを見ている司の連れの小男に王は声をかけた。

「うろたえなさんな、秀峰さんよ」

いきなり名を呼ばれた秀峰がぎょっとしたように息を噛む気配が伝わってくる。

昨日、研秀に出入りしている薩摩藩士に金をやり、今夜相模屋に伊牟田とひとだま使いが現れるという話をさせた。そもそも司誠之進の名をはじめて王に知らせたのは、丑松だった。

以来、丑松やその博奕仲間がひんぴんと七木屋を訪れては小遣い欲しさにいろいろ注進していった。研秀には薩摩藩士が刀を持ちこんでおり、どのようなつながりなのかまではっきりしなかったが、研ぎ師の秀峰と司が昵懇(じっこん)というのは知ることができた。

ひとだま――火付け用の煙硝球のからくりを見破られ、丑松が捕縛されて、文殊屋の名前を出した。そのおかげで文殊屋がたくらんでいた生糸と鉄砲をじかに交換するという金儲けが失敗してしまった。この一件にも司がからんでいる。

司誠之進とは何者なのか。

丑松が当初もたらした話では、浪人者で浮世絵の下書きなどをしていたが、絵師ではとても食っていけず、品川宿の旅籠大戸屋で用心棒をして糊口をしのいでいるということだった。しかし、とうの丑松が捕らえられたときにも、横浜の異人館が焼失したときにも仲間がいた。

司が何者かの手先であるのは間違いない。もっとも司の一連の動きを見ていれば、誰のために動いているかは明白だ。王と袁とが仕掛けようとしている大事業の前には早晩邪魔になる。始末するしかないと決め、罠を仕掛けることにした。

王は右手に六連発の短筒を握っていた。袁もおよそそこらの武家たちには思いも寄らないような文殊国独自の得物を携えている。司がなかなかの遣い手であることは身に染みてわかっていたが、秀峰はものの数に入らない。王と袁とが二人がかりであれば、司をほふるのも難しくはなかろう。

その前に秀峰を撃ち殺しておく必要がある。腕はからきしでも匕首でも呑んでいれば、多少は厄介になる。

短筒の撃鉄に親指をかけたとき、司が笑いだした。

王は目を細め、暗がりに立つ司を睨めつけた。

「まさしく円だな」

何をいってやがると思ったが、王の疑念に頓着することもなく司がつづけた。

「追いかけているつもりがいつの間にか追われていた。いつが始まりでいつが終わりかわからない。しかし、それは名人の手になる円の話だ。お前らごとき杜撰な連中の悪だくみなど元をたどれば、すべて自明だった」

「ほう？」

「お前ら、露西亜の手先だ」

　いきなり図星を指され、王は絶句してしまった。


　闇の中、文殊国の言葉を使う男――おそらくは七木屋番頭九郎右衛門――と対峙した誠之進はようやく一本の道筋を見いだしていた。

　白いもやが消えていき、見えてきた道には汀がたたずんでいるような気がした。

　文化の頃、五十年ほど前に仏蘭西のナポレオンという将軍が露西亜に攻め入った。仏蘭西の軍勢は強く、とてもかなわないと見た露西亜は大勝負に出たという。仏蘭西の軍勢が都に入った直後、門を閉ざして、都ごと敵を焼き払ったのだ。それによって仏蘭西は総崩れとなり、退却を余儀なくされた。

　勝安房守に吹きこんだのが九郎右衛門だ。それも汀の目の前で……。

　そう都合良く大火が起こせるものかという勝に、ひとだま使いがいればと九郎右衛門が答えている。

　また、狂斎と山岡鉄太郎の書画会にふらりと現れた雲平という男が文殊国の言葉を知ったのは、蝦夷が島のさらに北、樺太で露西亜の商人に出会ったとき、下働きをしている男たちの中に文殊国の流れを汲む者があったためだ。

ここでも露西亜と文殊国がつながっている。

だが、旗本である勝が江戸を火の海にするだろうかと誠之進は疑った。醜女の深情けといったのは父だ。いっそ他人の手に渡るくらいなら殺してしまえ、と。

そこから幕府横目付手代の藤代が動きはじめた。まずは丑松を捕縛し、七木屋の手先として使われていたこと、連発式の短筒は横浜の文殊屋から手に入れたことなどを自白させている。そして横浜にもひとだまが出て、異人屋敷が灰となった。

おそらく舟の陰から返事をしたのは文殊屋福蔵だろう。横浜に行ったとき、店の前を通りかかって顔は見ていたが、声は聞いていない。雲平が品川宿の料理屋で見かけた二人というのは九郎右衛門と福蔵だろうと察しがついた。

九郎右衛門が品川宿によく来ていることを突きとめたのも藤代だ。

そして今、露西亜の名前を出したとたん、九郎右衛門が絶句した。

「醜女の深情けかね」

誠之進は左手の指弾を手のひらの感触で数えた。六粒。九郎右衛門が短筒を撃つ前に同時に投げつければ、動きを制することはできる。

だが、背後の福蔵はどうするか……。

「何だ、そりゃ」

九郎右衛門が訊きかえしてくる。

「惚れた男がほかの女に取られるくらいなら殺してしまえって奴だ」

「何をいっているのかわからん」

「亜米利加、英吉利、仏蘭西がどんどんと入りこんできている。和蘭はもとから出入りしていた。露西亜も交渉に来たが、出遅れてるのは誰の目にも明らかだ。ほかの国に取られるくらいならいっそ燃やしてしまえ、と」

今度は九郎右衛門が笑った。

「いかにも無能な侍の考えそうなこった。燃やしてしまえ、か。我らが燃やしてしまうのは、侍だ。生糸の産地、銀山、そして女さえあれば、いくらでも商売になる。邪魔なのは侍だけよ。ろくに振れもしない刀を差して、ふんぞり返っているだけだ。役立たずの穀潰しさ」

「そして何もかもめちゃくちゃにすれば、露西亜が乗じる隙ができる」

「どの国だっていいんだ。金さえ払ってくれりゃ」

九郎右衛門の手元で錠前をかけるときのような金の軋む音がした。

「いつまでお喋りしてても埒は明くまい。お前はここで死ぬんだよ、司誠之進」

指弾を投じるより先に九郎右衛門が右手を上げた。

父だ。

「竹丸」

声は福蔵よりさらに後ろから聞こえた。直後、鈍い爆発音がして周囲が明るくなる。

九郎右衛門が顔を上げ、目を見開いた。

間髪を入れず誠之進は指弾で九郎右衛門のぎょろりと剝かれた目を潰した。短筒を放りだし、両手で顔を覆う九郎右衛門を尻目に身を翻す。
三、四間の後ろに福蔵、さらにその先に父と治平が立っていた。
福蔵が突進してくる。

手には何も持っていないにもかかわらず凄まじい剣気が送られてくる。

「竹丸、これを」

父が一刀を鞘ごと放った。拵えを見れば、いつも研秀に預けてある彔徹だとわかる。

福蔵との距離を詰めながら左手で彔徹を受けた。右手を柄にかけ、抜く。

そのとき眼前に迫った福蔵が右手を一閃させた。

鋭い刃風がひたいに来る。とっさに飛び退いた。福蔵が手にする得物を見切ったわけではない。

「刃を黒く染めてます」

治平が叫ぶ。

間合いを詰めてきた福蔵がふたたび右で突いてくる。ひとだまの残照に影のような短刀が見えた。

飛びこんだ誠之進は脇差を真っ向から振りおとした。

ひるんだ福蔵が右手に持った黒い短刀で受けようとする。

刃勢、そして刀そのものの格が違った。一撃で脇差は黒い刃を真っ二つにし、さらに福蔵の頭蓋を割った。

直後、ひとだまが燃え尽き、周囲がふたたび闇に呑まれる。ふり返ったが、うずくまっていた九郎右衛門も見えない。

折りかさなるような鋭い笛の音が虚空にこだまする。

「呼び子じゃねえか」秀峰の声がすぐ近くで聞こえた。「増上寺の方か」

たしかに市中に急を告げる呼び子のようだ。その数は五つや六つではなく、どんどん増えつづけている。

「何があったんだ？」

「わからん」

誠之進は脇差を持ったまま、九郎右衛門がいた辺りの気配を探っていた。

誠之進は汀の支度部屋で窓辺に座り、湊に目を向けていた。沖には一艘の舟も出ていない。海は暗いばかりだった。

汀が道中三味線を抱き、つま弾いている。やがて細いが、澄んだよく通る声で歌いはじめた。

道中三味線の男――高杉の行方は藤代が追いつづけている。きわは父の病を知らされてから稼業に精を出していた。病なんて嘘だといった徳の面影が過っていく。きわじゃなく、小鶴だろうという自分の声が聞こえた気がした。

どっちでもいいじゃないか……。

七木屋の番頭九郎右衛門、文殊屋福蔵と対決したあと、夜空に次々に吹き鳴らされた呼び子は、誠之進たちに向けられたものではなく、赤羽橋（あかばねばし）のたもとで亜米利加公使の通弁が斬られたことを告げていた。

誠之進たちがいた浜から北へ七町ほど行ったところだ。浜の周辺は静かだったが、明るくなれば、人目もある。

福蔵の始末は治平にまかせ、誠之進、秀峰、それに父東海はその場を去った。

秀峰は父と語らい、治平をともなって品川宿まで来ていた。父が相模屋の一室で治平と妓を相手に飲んでいる間、秀峰が誠之進の長屋にやって来たのだった。

闇と騒ぎにまぎれ、九郎右衛門には逃げられてしまった。顚末はすべて父から藤代に知らされたが、九郎右衛門や福蔵が文殊国の人なのか、結局はわからなかった。あの場に雲平でもいれば、二人が呼びかけ合ったのを聞いて言葉を解したかも知れない。

重々しい鐘の音が聞こえ、あとを追うようにいくつもの鐘が撞かれた。品川宿周辺には寺が多い。

除夜の鐘だ。

万延元年が暮れようとしている。新しい年は平穏に過ごせるだろうかと思う。だが、誠之進は打ちけした。

さらなる波乱が眼前に迫っている。

だが、汀の声は折りかさなる鐘の音の中でもよく通った。

今はこの声に聞き惚れていたい。

それだけが誠之進の望みだった。


明けて万延二年。しかし、二月には文久元年と年号が改められる。大老井伊掃部頭亡きあと、筆頭老中として幕閣を切り回していたのは安藤対馬守だったが、江戸には巨大な影がひたひたと押しよせていた。

薩摩、そして西郷隆盛である。

解説

末國善己

幕末の品川周辺は、何度も歴史を揺るがす大事件の最前線になっている。

幕府は、一八五三年に来航し開国を迫ったペリーに脅威を感じ、品川沖に大砲を配備する要塞・お台場の建設を始めた。翌年、再来航したペリーは羽田沖まで艦隊を進めるが、一部が完成していたお台場を見て横浜まで引き返し、そこに上陸している。

開国後、イギリス公使館が置かれた高輪の東禅寺では、一八六一年に、英国公使のオールコックの暗殺を計画した水戸脱藩浪士が、書記官と長崎駐在領事を負傷させ、一八六二年には、英国公使館を警備していた松本藩士の伊藤軍兵衛が、イギリス人の水兵二名を惨殺するという二度の襲撃事件が発生している。

一八六三年には、幕末維新史に偉大なる足跡を残す長州藩士の高杉晋作、久坂玄瑞、井上聞多（後の馨）、伊藤俊輔（後の博文）らが、攘夷を実行するため、品川の御殿山に建設中だったイギリス公使館を焼き討ちする事件を起こしている。

一八六八年、長州藩と共に倒幕の方針を固めた薩摩藩は、全国から浪士を集め、三田の薩摩藩邸を拠点に江戸市中で放火、掠奪、暴行などを行って幕府を挑発した。薩摩藩に浪士の引き渡しを拒否された幕府は、庄内藩、上山藩などに薩摩藩邸へ討ち入りを命じ焼き払った。この事件が、戊辰戦争の切っ掛けになったとの説もある。

風雲急を告げる幕末の品川を舞台に、ミステリ、アクション、芸術小説、史実をからめた政治的陰謀劇など、エンターテインメント時代小説のありとあらゆる要素を詰め込んだ『隠密絵師事件帖』で鮮烈なデビューを飾ったのが、池寒魚である。

主人公の司誠之進は、今は長男の兵庫助に家督を譲り隠居したが、現役時代は磐城平藩主の安藤対馬守の江戸詰め側用人を務めた父・東海の命令で品川で暮らし、売れない絵師兼旅籠の用心棒をしながら、「不逞の輩」の動向を報告する隠密になった。

ある日、東海に呼び出された誠之進は、安藤対馬守を写実的に描いた肖像画を見せられる。その絵は、長州藩の藩庁が置かれた萩から来た亀太郎なる絵師が描いたらしい。折しも大老の井伊直弼は、尊王攘夷派を中心とする政敵の一掃を目論んだ安政の大獄を進めており、若年寄の職にあって老中になる工作を行っていた安藤対馬守は、直弼派と見なされていた。このような時期に、写実的な肖像画が出回れば、暗殺者が目標を確認するために使われる可能性が高い。天才絵師の河鍋狂斎（後の暁斎）と巨漢の弟子・鮫次の協力を得て亀太郎の行方を追う誠之進は、遥か長州にまで足をのばすことになる。

『隠密絵師事件帖』の待望の続編となる本書『ひとだま』は、大老の井伊直弼が暗殺されたことで幕府の権威が揺らぎ、幕末史のターニングポイントの一つともいわれる桜田門外の変の直後から始まる。武士ではあるが、長屋で暮らし庶民の生活も知っている誠之進を探偵役にした著者は、奇怪な事件の謎解きに、混迷の時代に有効な対策が打てない幕府とは対照的に、過激な尊王攘夷派が台頭していた頃の史実と、開国による政治、経済の混乱で困窮する庶民の姿をからめていく。そのため本書は、幕末の有名な事件に新たな解釈が加えられていたり、庶民が幕末の騒乱をどのように捉えていたかという珍しい視点が導入されていたりと、前作より歴史小説色が強くなっている。

物語は、鋳掛屋の利助が奇妙な体験をする場面から始まる。遊女と遊ぶため品川へ向かっていた利助は、同じ長屋に住む遊び人の丑松に博奕へ誘われる。大負けした利助が長屋の井戸で水を汲もうとしたところ、背後で音がしたかと思うとひとだまが浮かび上がる。それを見た利助は気絶。長屋では、老婆が亡くなったばかりだった。

ひとだま騒動について、品川の口入れ屋で南町奉行所同心の手先も務める藤兵衛から相談を受けた誠之進は、幽霊画を描いているからひとだまにも詳しいのではとの理由で、狂斎に話を聞いて欲しいと頼まれる。さらに藤兵衛は、日本橋の大店のご隠居が亡くなり、その追善供養に画会を開くので、狂斎に出てもらえないか打診して欲しいというのだ。

事件に興味を持った狂斎と誠之進がひとだまが出た長屋の周辺を調べていると、「天狗がいた」という若い男が現れる。若い男が指差す方を見ると、利助が見たのと同じようにひとだまが出現した。天狗らしき影を追った誠之進に、白刃が襲いかかる。

　冒頭に怪談めいた謎が置かれた本書は、旗本屋敷にびしょ濡れの女の幽霊が現れる岡本綺堂『半七捕物帳』の記念すべき第一作「お文の魂」から始まる時代ミステリの伝統を受け継いでいる。ただ事件の現場が品川で、幕末の品川では何度も焼き討ちが行われた事実を知っていると、事件の背後にテロの機会をうかがう急進派浪士が暗躍している可能性も容易に想像できる。事件の中心にいる天狗も、鼻が高く空中を浮遊するとされる伝説の魔物とも、水戸藩内の尊王攘夷派で直弼の暗殺にもかかわったとされる天狗党とも解釈できる〝ダブル・ミーニング〟になっており、謎が解かれて終わる本格ミステリになるか、陰謀劇に繫がっていく政治スリラーに発展するかが読みにくくなっている。これは幕末の品川でなければ、成立しなかった仕掛けといえるだろう。

　物語が進むと、客がつくたびに大騒ぎするようになった品川の遊女・小鷸が、失踪する。吉原ほどではないが、品川も妓の出入りを厳しく管理していた。小鷸がいた旅籠も裏口には常に人目があり、妓が使う部屋の窓には外から格子が取りつけてあったが、壊された窓はないという一種の密室状態になっていた。「狐憑き」との噂も出始めていた小鷸は、「天狗がどうした」とか口走るようになっていたので、本当に天狗の仕業なのか、天狗党が関係しているのか、天狗党を騙る別組織がかかわっているのかが判然としなくなっていくのである。

前作は長州から来た絵師の動向を探ったが、本書のひとだま事件の背後には水戸藩の事情が見え隠れする。作中では、関ヶ原（せきがはら）の合戦では徳川家康（とくがわいえやす）に敵対し領地を大幅に削られた長州藩主の毛利（もうり）家と、徳川家の親藩の中でも将軍家に次ぐ最高位にある御三家の一つ水戸徳川家の思いもつかない共通点を指摘するなど、前作を踏まえつつ歴史の意外な一面を掘り起こしていることが、物語に深みを与えているのも間違いあるまい。

徳川家に虐げられた毛利家と優遇された水戸徳川家は正反対に見えるが、実は水戸徳川家の藩祖・頼房（よりふさ）は親兄弟に疎まれ、水戸藩を継いだのも兄たちの死が重なった偶然に過ぎないので、徳川本家を恨んでいたという。頼房の子で二代藩主の光圀（みつくに）は、尊王思想で日本の歴史を記述する『大日本史』の編纂（へんさん）を命じたが、ここにも父親が徳川本家に怨念を持っていた影響があったとの解釈も面白い。時代は下って幕末に水戸藩九代藩主になった斉昭（なりあき）は、十三代将軍の後継問題で、一橋（ひとつばし）家に養子に出した実子の慶喜（よしのぶ）を推す。一般にその理由は、当時の国難にあたれるのは英邁（えいまい）な慶喜だけだったからとされる。ところが著者は、御三家の中では家格が一番下で、一度も将軍を出していない水戸徳川家にとって将軍輩出は悲願であり、斉昭は権力欲を満たすために我が子を将軍位に就けようとしたに過ぎないとしており、この説にはとても説得力がある。

つまり著者は、架空の事件を介在させることで、史料を追うだけでは見えない角度から歴史に切り込み、過去の怨念が未来の歴史を生み出すダイナミックな因果律までを明らかにしてみせたのである。一八六〇年に長州藩と水戸藩は、手を携えて幕政の急速な改革を行うことを取り決めた丙辰丸（へいしんまる）の盟約（成破（せいは）の盟約、もしくは水長（すいちょう）盟約とも）を結ぶが、ここに至った経緯も本書を読むと納得できるはずだ。

誠之進は父や横目付手代の藤代（ふじしろ）らと情報を交換し、幕府と有力な藩が行っているらしい政治の暗部を推理する一方で、ひとだまが出る、小鵜が消えるといった不可解な謎を解き明かし、犯人、手口、動機に迫ろうとする。誠之進たちの捜査は、利助が飲んでいる安酒の値段が、一年で倍になるほどのハイパーインフレが起こり、幕末の混乱が、市井の片隅で懸命に生きる庶民の暮らしを激変させた事実までを浮き彫りにしていく。

脱藩浪士たちは、生活苦にあえぐ庶民を救うための世直しに立ち上がったと強調する。若い誠之進も、旧態たる藩や幕府を叩（たた）き壊して新しい世を作るという脱藩浪士の理想を理解してはいるが、主君が幕府の中枢に座っていることもあって、過激な行動主義とは一線を画している。だからこそ、攘夷だ、異人斬りだと叫ぶ連中は少数で、ごく平凡で平穏な日常を送る人たちの方が圧倒的に多いことを知っている。だが声の大きい少数派が、周囲を巻き込み歴史を動かすうねりを生み出すことは珍しくない。

明治維新は、清新な志を持った若者が、因習に満ちた徳川幕府を倒し新たな世を作ったとされることが多い。ただ著者は、二百年以上前の怨念を忘れていなかった一部の勢力が、開国から始まる政治と経済の混乱に乗じて、徳川幕府が作った平和な世を終わらせ権力を奪取した政争に過ぎないと見ているように思えてならない。

この構図は、太平洋戦争の敗戦に忸怩たる想いがあり、戦後の民主主義体制は連合軍に押しつけられた欺瞞に満ちたものなので、一度リセットし、日本人に相応しい社会を作るべきとの主張が出てきた現代に近い。おそらく著者が幕末を舞台に選んだのは、現代と相似形になっているからではないか。改革という美辞麗句にまやかしが隠され、ネットのわずかな書き込みが世論を動かすこともある時代だからこそ、狂騒の中にありながら冷静に事態を分析し、絶対に自分を見失わない誠之進は、現代人が共感できるヒーローたりえているのである。

終盤になると、何気なく語られた歴史のエピソードが重要な伏線であることが判明し、〝ダブル・ミーニング〟にも予想を超える意味付けがなされるなどして、驚くべき真相が明らかになる。このどんでん返しが秀逸なのは、鮮やかなトリックが、歴史から学ぶことや思い込みにとらわれないことの大切さを示すテーマと密接に結びついているからなのだ。それだけに、本書を読むと、今までの価値観が揺さぶられるのではないか。

本書には、〝幕末の三舟〟のうちの二人、後に新選組の一員として名を馳せる天然理心流の達人、功山寺挙兵から四境戦争まで八面六臂の活躍をする長州藩士など、幕末史を彩った偉人たちが数多く登場するので、それを捜しながら読むのも一興である。そしてラストには、薩摩藩の大物も顔をのぞかせる。〈隠密絵師事件帖〉シリーズは、箱館戦争あたりまで構想されているようだ。架空の事件を描くことで、幕末史の知られざる真実を掘り起こし、それを現代人が教訓にすべきメッセージとして提示していく物語が、三巻、四巻と書き継がれていくのを今から楽しみに待ちたい。

（すえくに・よしみ　文芸評論家）

集英社文庫

ひとだま　隠密絵師事件帖

2018年7月25日　第1刷　　定価はカバーに表示してあります。

著　者　池　寒魚
発行者　村田登志江
発行所　株式会社　集英社
東京都千代田区一ツ橋2-5-10　〒101-8050
電話　【編集部】03-3230-6095
【読者係】03-3230-6080
【販売部】03-3230-6393（書店専用）

印　刷　中央精版印刷株式会社　株式会社美松堂
製　本　中央精版印刷株式会社

フォーマットデザイン　アリヤマデザインストア　　マークデザイン　居山浩二

ISBN978-4-08-745773-5 C0193